主　编
董仁威

执行主编
黄继先　戚万凯

丛书编委会
董仁威　黄继先　黄鹏先　戚万凯
崔　英　廖弟华　彭万洲　邹景高
吴昌烈　叶　子　李建云　罗克美
邓　波　毛　君　余文太　黄　波

诗歌欣赏

少年儿童综合素质启蒙系列读物

黄鹏先 编著

ARTTIME 时代出版
时代出版传媒股份有限公司
安徽教育出版社

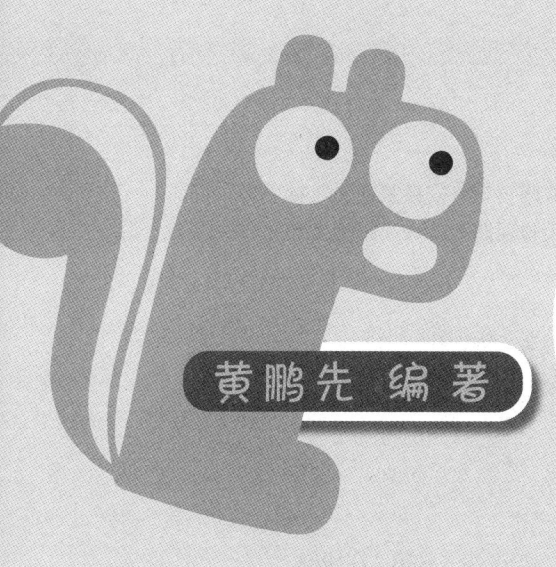

图书在版编目（CIP）数据

诗歌欣赏 / 黄鹏先编著．—合肥：安徽教育出版社，2013
（少年儿童综合素质启蒙系列读物 / 董仁威主编）
ISBN 978-7-5336-7450-2

Ⅰ.①诗… Ⅱ.①黄… Ⅲ.①诗歌欣赏－中国－少儿读物
Ⅳ.①I207.2-49

中国版本图书馆 CIP 数据核字（2013）第 035627 号

诗歌欣赏
SHIGE XINSHANG

出 版 人：费世平
质量总监：姚　莉
策划编辑：杨多文
统筹编辑：周　佳
责任编辑：佘金锁
装帧设计：袁　泉
责任印制：王　琳

出版发行：时代出版传媒股份有限公司　安徽教育出版社
地　　址：合肥市经开区繁华大道西路 398 号　邮编：230601
网　　址：http://www.ahep.com.cn
营销电话：(0551)63683012, 63683013
排　　版：安徽时代华印出版服务有限责任公司
印　　刷：合肥华星印务有限公司

开　　本：650×960　1/16
印　　张：10.5
字　　数：100 千字
版　　次：2014 年 4 月第 1 版　2019 年 8 月第 3 次印刷
定　　价：19.00 元

（如发现印装质量问题，影响阅读，请与本社营销部联系调换）

目录

- 001 七步诗
- 003 春歌
- 005 夏歌
- 007 秋歌
- 009 冬歌
- 011 种豆南山下
- 013 咏蝉
- 015 知己
- 017 望月
- 019 黄鹤楼
- 021 洞庭湖
- 023 回乡
- 025 玉门关
- 027 鹳雀楼
- 029 古迹
- 031 春晓
- 033 江南好
- 035 冰心
- 037 相思
- 039 静夜思
- 041 白帝城
- 043 下扬州
- 045 送行
- 047 夜光杯

049	悼春
051	春怨
053	月夜
055	蜀相
057	江村
059	望岳
062	喜讯
064	春光
066	寻花
068	春夜喜雨
070	报平安
072	战乱
074	登高
076	原上草
078	春行
080	剑客
082	马诗
084	赤壁
086	山行
088	泊秦淮
090	塞上
092	空山新雨
094	曲径通幽
096	夜泊
098	春潮
100	人面桃花
102	淘金女
104	乌衣巷
106	菊

- 108　夜雨
- 110　伤农
- 112　渔者
- 114　秋思
- 116　泊船
- 118　庐山
- 120　初晴
- 122　春江晚景
- 124　早行
- 126　人杰
- 128　水村
- 131　映日荷花
- 133　小池
- 135　春日
- 137　春色
- 139　春景
- 141　海棠依旧
- 143　诉衷情
- 145　山深闻鹧鸪
- 147　秋思
- 149　潼关怀古
- 151　墨梅
- 153　石灰吟
- 155　己亥杂诗
- 157　赠邹容
- 160　狱中答西狩

七步诗

七步诗

煮豆燃豆萁，

豆在釜中泣。

本是同根生，

相煎何太急。

背后的故事

这是我国古代三国时期著名诗人曹植写的一首诗。曹植的哥哥曹丕当了魏国的皇帝，觉得弟弟才华盖世，对他是个威胁，便设计要除掉他。一天，曹丕想出了一个坏主意，命令曹植在走七步路的时间里做出一首诗来，否则他就要杀掉曹植。曹植还没有走完七步，便做出了这首诗。这首诗原来共有六句，后来一般的本子里删去了两句，就变成四句了。诗中的"萁"：豆梗子。釜：古代的一种锅。煎：煎熬。这里含有"逼迫"的意思。这首诗的意思是说：煮豆子的时候，用豆子脱粒后留下的茎干（豆萁）来燃烧加热。豆子在锅（釜）中哭泣着说："我们原本是同在一条根上长出来的，你为什么要把我逼得成这样呢？"曹丕听了，很是惭愧。曹植用豆子和豆秆来比喻同根生的亲

兄弟,用煮豆子燃豆萁来比喻亲兄弟的自相残杀。比拟通俗,合乎他们两兄弟之间的情景。曹植不仅用感情打动了曹丕,还含蓄地批评了曹丕,使他很难找碴儿来加害自己,暂时打消了杀害弟弟的念头。但是曹丕还是依旧不断地折磨曹植。直到曹丕的儿子魏明帝当政时,曹植还是备受猜忌,因此他41岁时就郁郁而死了。这首诗的后两句"本是同根生,相煎何太急"是名句,一直流传至今。现在用来比喻兄弟之间或者内部的自相残杀迫害。我国教育部颁发的《语文课程标准》(修订版),对小学一、二年级小朋友的阅读要求是:"诵读儿歌、童谣和浅近的古诗,展开想象,获得初步的情感体验,感受语言的优美。"随着年级的升高,要求课外阅读更多的古代诗歌,背诵名篇名句。

1. 你能背诵《七步诗》吗?
2. 你知道《七步诗》的含意吗?

春 歌

春 歌

春风动春心，

流目瞩山林。

山林多奇采，

阳鸟吐清音。

背后的故事

春天真好哇！自古以来，就有许多人歌颂春天。这是我国南北朝时期的一首歌颂春天的民歌。《子夜四时歌》：乐府《吴声歌曲》名，是南朝时流行在长江下游的民歌。它和后世的民歌里的《四季相思》很相类似。南朝乐府民歌的体制一般是短小的五言诗，三、四、七言是极少数。最普通的是五言四句体。由于文人大量仿作，这种诗体便很快流行起来。

这首民歌的大意是说：春风轻轻地拨动着人们的心弦，唤起人们美好的感情。人们放眼眺望山林，只见鲜花盛开，绿树苍翠，焕发着奇丽的光彩；鸟儿鸣声宛转，悦耳动听。

这首歌，既唱出了春天的美丽，也表达了人们对春天的热爱。小朋友都喜欢春天,喜欢唱《春天在哪里》这支歌:"春天在哪里呀?春天在哪里?春天在那青翠的山林里。这里有红花呀,这里有绿草,还有那会唱歌的小黄鹂……"小朋友也喜欢朗诵我国著名诗人穆旦的《春天和蜜蜂》:"春天是人间的保姆,/带领一切到秋天成熟,/劝服你用温暖的阳光,/用风和雨,使土地重复,/林间的群鸟于是欢叫,/村外的小河也开始忙碌。" 外国的小朋友同样喜欢春天。例如,西班牙的作家洛尔迦为小朋友写的《春歌》:"快活的孩子/从学校出来,给四月温暖的天气/添加了歌声。/街上深沉的寂静/多么快乐!/寂静被亮银的笑声/裂为碎片。"这首儿童诗,中国小朋友也喜欢朗诵。

1. 你能背诵《春歌》吗?
2. 你爱春天吗?为什么?

夏 歌

夏 歌

田蚕事已毕,

思妇犹苦身。

当暑理絺服,

持寄与行人。

夏天天气很热。夏季是一个劳作的季节。夏天热到什么程度？小朋友都喜欢唱电视剧《水浒传》里的主题歌《好汉歌》。施耐庵的《水浒传》第十五回"杨志押送金银担 吴用智取生辰纲"里引用了一首《赤日炎炎似火烧》，那是好汉白胜挑着一副装着酒的担桶边走边唱的一首民歌："赤日炎炎似火烧，野田禾稻半枯焦。农夫心内如汤煮，公子王孙把扇摇！"诗中的"炎炎"是形容阳光灼热。"汤"是滚开的水。又如小朋友都能背诵的一首古诗："锄禾日当午，汗滴禾下土。谁知盘中餐，粒粒皆辛苦。"古时候没有空调，那会儿人们怎样度过难熬的酷暑？人们是怎样生活的呢？请看这首民歌里的情景吧！这首诗是《夏歌》，一个劳动妇女，在耕田养蚕的农事刚一结束时,想到已是夏天,该赶着给远行的丈夫寄送夏衣了。诗中的"田蚕"指的是耕田和养蚕。"苦身"是说身体劳累。"理"是料理。"绨"就是细麻布。"行人"指作客在外的人,诗里是指女主人的丈夫。这首民歌的大意是说:繁重的春耕和养蚕工作已经完成了,丈夫们在外当差谋生,妻子们也没有闲着。她们冒着暑热缝制夏天要换的衣服,拿去寄给她们出门在外、四处漂泊的丈夫。这首歌唱出了古代妇女的辛苦,也让我们知道了古代人们的生活状况。

1. 你能背诵《夏歌》吗?
2. 你知道古代人们是怎样度过夏天的吗?

秋 歌

秋 歌

秋风入窗里,

罗帐起飘扬。

仰头望明月,

寄情千里光。

秋天是收获的季节。果树上果实累累,稻田里谷穗沉甸甸的。然而"秋风秋雨愁煞人",秋天的情景又容易使人产生思乡和思念亲人的感情。这首《秋歌》便描绘了古代人望见明月而引发的思念亲人的情感。诗中的"飘扬"就是飘动的意思。最后一句"寄情千里光"是说:愿借月光把自己的思念传递给千里外的亲人。唐代大诗人李白也写有类似的诗句,抒发对朋友的感情。他在《闻王昌龄左迁龙标遥有此寄》一诗中写道:"杨花落尽子规啼,闻道龙标过五溪。我寄愁心与明月,随风直到夜郎西。"杨花飘落,子规啼血(子规,又叫杜鹃鸟。相传战国时蜀王杜宇因水灾让位给臣子,自己隐居山中,死后魂化杜鹃鸟,常常不停地啼叫,以致嘴角流血,而且啼叫的声音悲凉凄

惨),离别时悲痛的心情可想而知,况且听说那龙标已过五溪,又荒凉又遥远。我要将愁心寄予明月,随风飘到龙标,以安慰我的好朋友。《秋歌》这首民歌的大意是说:秋风吹进窗里,罗帐随风飘动起来。我抬头凝望夜空中那一轮圆月,把我心中无限的思念,借着这一泻千里的月光,带给远方的亲人。这首歌把秋夜清丽宁静的境界和思念亲人的感情表达得水乳交融,分外感人。

1. 你能背诵《秋歌》吗?
2. 你能说出《秋歌》的大意吗?

冬 歌

冬 歌

果欲结金兰，

但看松柏林。

经霜不堕地，

岁寒无异心。

背后的故事

冬天寒冷，生存环境恶劣，这是考验人们意志和毅力的时刻。古代诗歌中常用能经受住风霜雨雪考验的植物来比喻人的品格，如把经受严寒而常青的松、竹和寒冬盛开的腊梅称为"岁寒三友"（也有用来指松、竹、菊的），意思都是比喻有骨气，值得效法。老一辈革命家陈毅在《冬夜杂咏》十二首诗中就借歌咏松、梅、菊来比喻人的高贵品格。如《青松》："大雪压青松，青松挺且直。要知松高洁，待到雪化时。"又如《红梅》："隆冬到来时，百花迹已绝。红梅不屈服，树树立风雪。"再看《秋菊》："秋菊能傲霜，风霜重重恶（意思是接连不断地作恶）。本性能耐寒，风霜其奈何？"小朋友看过《红岩》，看过《江姐》，都喜欢听、喜欢唱《红梅赞》："红岩上红梅开，千里冰霜脚下踩。三九严寒何所惧,一片丹心向阳开。"都是借物抒情的。这首《冬歌》便是用松柏来比喻忠贞不渝的友情。这首民歌的大意是说:我们如果要交真朋友(结金兰),那么就看那片松柏林吧!冬天里霜雪交加,它们却依然挺立,始终不改变它们在严寒中傲然不屈的品格。这首歌告诫我们,如果要交真正的朋友,就要交像松柏那样坚贞、忠诚相待、永不变心的朋友。

1. 你能背诵《冬歌》吗?
2. 你能说出《冬歌》的大意吗?

种豆南山下

归园田居（其三）
种豆南山下，
草盛豆苗稀。
晨兴理荒秽，
带月荷锄归。
道狭草木长，
夕露沾我衣。
衣沾不足惜，
但使愿无违。

背后的故事

这是我国东晋大文学家陶渊明所作五首《归园田居》中的第三首诗。他的诗语言朴素、清新、简洁而又平淡，形象生动，韵味深永，具有独创的艺术风格，对后代田园诗的创作有极大的影响。陶渊明是文学史上杰出的田园诗人。

这首诗中的"南山"指的是庐山。"晨兴"意思是早起。"理"意思是清理，清除。"荒秽"意思是荒芜，指田中的杂草。"带"也可作"戴"字讲。"荷"意思是扛着。"道狭"意思是路窄。"长"指生长。"草木长"意思是草木一丛丛地生长。"沾"是浸湿的意思。"不足"指不值得。"但"是只、仅的意思。诗中最后两句是说：露水浸湿了我的衣裳并不值得可惜，只要回归田园参加耕种的愿望永不违背就好了。最后两句点题,是全诗的中心句。

这首诗的大意是:我在南山下种田,田里草长得很茂盛,豆苗都很稀少。我清早起身去锄掉田里的石子和野草,夜晚沐着满身的清辉,扛着锄头回家。道路很狭窄,草木很高,夜晚的露水沾湿了我的衣服。衣服沾湿了没有什么值得惋惜的,只要不违背我的愿望就行了。这首诗真切地写诗人参加劳动的情景和感受。种田是十分辛苦的,但诗人感到辛苦算不了什么,只要不违背自己的愿望就行了。小朋友们,你知道陶渊明爷爷的愿望是什么吗?

1.你能背诵《归园田居(其三)》吗?
2.你能说出《归园田居(其三)》的大意吗?

咏 蝉

在狱咏蝉
西陆蝉声唱,
南冠客思侵。
那堪玄鬓影,
来对白头吟。
露重飞难进,
风多响易沉。
无人信高洁,
谁为表予心?

背后的故事

秋天的蝉声很美,也能引发人的情思。古代人认为,蝉吸饮洁净的露水,栖息在梧桐树的高处,立身高洁。他们常用蝉的品质、遭遇比喻人生,抒发自己的感情。这首《在狱咏蝉》便是唐代诗人骆宾王遭诬陷被女皇武则天关在狱中写的一首"借蝉喻志"的诗。"西陆"指秋天。"南冠"指楚国的帽子,这里是囚犯的代称。"客思"指流落他乡而产生的思乡之情。"那堪"指怎么受得了。"玄鬓影"指蝉。古代妇女将鬓发梳为蝉翼的形状,称为蝉鬓,这里以蝉鬓称蝉。"白头吟"是古乐府的篇名。"露重飞难进,风多响易沉"两句以蝉所遭遇的艰难环境,比喻自己作为囚犯无从辩冤的困境。意思是说:秋露浓重,寒蝉有翅也难以飞进;秋风飒飒,蝉的鸣叫声被风声淹没。信:相

信。高洁：蝉生活在树上，餐风饮露，所以说"高洁"。这里是以蝉自比。这也是诗人以蝉自喻，希望有人代为鸣冤，相信他的高洁品质。

这首诗的大意是：秋天里蝉声一唱起，我这囚犯便感到痛苦忧伤得不得了。我不能忍受蝉的声响，只好来作《白头吟》。露气太重，蝉就难以飞进；风太大，蝉的声响就显得很低沉。蝉的高洁无人相信，又有谁来替我表达呢？这首诗以蝉声起兴，着重写自己听到蝉声后的感受，同时把蝉的品质、遭遇和自己的处境交错在一起，以蝉自喻、借哀蝉以自哀，使人感到同诗人一样的哀婉。

1. 你能背诵《在狱咏蝉》一诗吗？
2. 你能说出《在狱咏蝉》一诗的大意吗？

知 己

别董大

千里黄云白日曛,

北风吹雁雪纷纷。

莫愁前路无知己,

天下谁人不识君?

背后的故事

这是唐代诗人高适的作品。高适是初唐著名的边塞诗人。他的诗擅用对偶句式,语言流畅,讲求韵律,具有音乐美。诗题中的"董大",大约是董庭兰,是唐玄宗时代著名的琴客,是一位"高才脱略名与利"的音乐圣手。用今天的话说,就是当时一位颇有名气的音乐家。原诗共有两首,这是第一首。诗人写这首诗时,应是在他不得意四处流浪游历的时期。他的这首早期赠别的诗作,与众不同。它没有一般送别诗常见的凄楚伤感的情调。诗人在慰藉之中却又寄予希望。诗中的"曛"指日色昏暗,是日落时的余光,这里指夕阳西沉时的黄昏景色。"君"是对董大的尊称。这首诗的大意是说,千里长天,风沙弥漫,太阳和白云都因蒙上一层黄色而昏暗无光。北风吹走了

大雁,雪花纷纷飘落。天下的知己是很多的,前路是光明的,谁不知道你是著名的董大呢?这首诗的前两句写送别时的景色。北方的冬日,暮霭黄昏,而且又是大雪纷飞,在北风狂吹之中,只能看见遥远的天空离群的不成行的孤雁,出没塞云,使人难禁日暮天寒、游子孤意之感。诗人原本是"才人",而今沦落到这里,真使人无泪可下!后两句,作者鼓励他的朋友说到处都可以得到友谊。诗人的情绪陡转,来了个180°的大转弯,在安慰朋友的话语中充满了信心和力量。因为是知己,说话才这样质朴豪爽;又因为沦落,才以希望来安慰知心的好朋友。

1.《别董大》诗里的后两句是名句,你能默写下来吗?
2.请你说说诗中的"知己"是什么意思?

望 月

望月怀远
海上生明月,
天涯共此时。
情人怨遥夜,
竟夕起相思。
灭烛怜光满,
披衣觉露滋。
不堪盈手赠,
还寝梦佳期。

背后的故事

月亮是古人诗歌中咏叹的重要对象。这首《望月怀远》是唐代诗人张九龄借月抒情的诗作,是一首见明月而思念远方亲人的五言律诗。语言朴实,形象清新。写在李白的"床前明月光"之前,有异曲同工之妙。诗中的"天涯"指天边,此处指彼此天涯海角,相去甚远。"情人"是诗人自指。遥夜:漫长的夜晚。竟夕:终夜,通宵。怜:爱怜,爱惜。光满:月光满堂。露滋:露水滋润。盈手赠:捧满双手相赠。意思是不能将这美好的月色捧满双手赠送给你。"佳期" 指相会的日期。《望月怀远》的大意是:海上明月升起,皎洁无比,天涯海角共享这一时刻。我埋怨那漫漫长夜,一整夜相思不断。我吹灭蜡烛,喜看月光洒满窗外,披着衣服到户外望月,直至感到露水润湿了肌肤。我

多么想把月光捉住赠给远方的人儿啊,可惜办不到,只得回去做一个佳期相逢的梦。这首诗从"望月"开始,产生对远方的人儿的怀念,抒发自己热烈而执着的感情。情调清新,意境明朗,充满了缠绵悱恻的相思情意,但却没有伤感的情调,写得一往情深,自然入妙,望月、怀远的情和景互相渗透,融为一体,从而使读者有真切生动的感受,读来委婉清纯。这首诗的起句雄浑阔大,为千古佳句。

1.你能背诵《望月怀远》一诗吗?
2.你能说出《望月怀远》一诗的大意吗?

黄鹤楼

黄鹤楼
昔人已乘黄鹤去,
此地空余黄鹤楼。
黄鹤一去不复返,
白云千载空悠悠。
晴川历历汉阳树,
芳草萋萋鹦鹉洲。
日暮乡关何处是,
烟波江上使人愁。

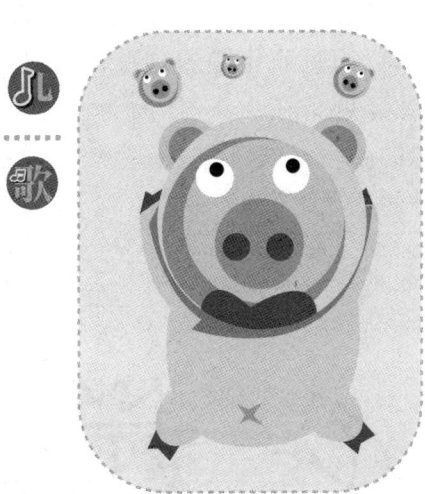

背后的故事

　　黄鹤楼,旧址在现在湖北省武汉市蛇山的黄鹤矶上。楼始建于三国孙吴时,下临长江,为游览胜地。唐代诗人崔颢写了这首诗后,黄鹤楼更加有名了。这首诗作,写登临黄鹤楼所看到的景物,以及凭吊古迹、思念乡土的心情。诗中的"昔人"指传说中的仙人。千载:千年,很长很长的时期。"悠悠"指白云浮动的样子。"川"在这里指黄鹤楼对岸的水边地带。"历历"指清晰分明的样子。"萋萋"指草长得茂盛的样子。鹦鹉洲:现在湖北省武汉市西南长江中。乡关:故乡的城关,这里指家乡。诗人首先对昔人乘鹤登仙的传说发出感慨。传说中的仙人已乘黄鹤飞去,剩下的只有黄鹤楼,不免使人感到空虚惆怅。可是眼前的美好景致,却依然值得

欣赏。在阳光照耀下,对岸的汉阳,绿树分明可数;附近的鹦鹉洲,牧草繁茂可爱。最后由景及情,写怀念家乡的愁思。这首诗格调优美,为人传诵,历来评价都是很高的。据说李白游览黄鹤楼本想写一首诗,因见到崔颢的这首诗,便搁笔不写了,说:"眼前有景道不得,崔颢题诗在上头。"因为这首诗写出了登楼人共同拥有的时空浩瀚的感受。李白的《登金陵凤凰台》、《鹦鹉洲》,都是模拟这首诗写的。

考考你

1. 你能背诵《黄鹤楼》一诗吗?
2. 说一说:李白看了崔颢的这首诗后为什么不在黄鹤楼题诗了呢?

洞庭湖

望洞庭湖赠张丞相
八月湖水平,
涵虚混太清。
气蒸云梦泽,
波撼岳阳城。
欲济无舟楫,
端居耻圣明。
坐观垂钓者,
徒有羡鱼情。

背后的故事

　　诗人孟浩然这首诗的诗题一作《洞庭湖》,写于张九龄担任丞相期间。他渴望在政治上找个好的出路,以发挥个人的才干,因此写了这首诗,想借临洞庭有感,向张丞相婉转表达希望得到引见的心情。诗中充分描绘了洞庭湖壮观的景象,颇有气魄,同时也抒发了作者求官不得的苦闷心情。

　　诗中的"湖水平"指秋水满溢与湖岸齐平。涵:包容。"虚"、"太清"都是指天空。这两句是说,八月湖水上涨,与湖岸平齐,浩瀚无边,形成水天一色的境界,好像田野包容在湖水之中。

　　气蒸:水汽弥漫。"云梦泽"位于湖南、湖北交界处,包括星罗棋布的数十个小湖泊。岳阳:今湖南省岳阳市,在洞庭湖东岸。这句是

说,当波涛汹涌的时候,岳阳城仿佛也被撼摇了。

欲济:想要渡过去。济,渡。舟楫:船及划船的篙桨之类。这句用渡湖作比喻,暗示想为朝廷干一番事业而没有人推荐。

端居:独处,闲居。圣明:指太平盛世。这句是说,在太平盛世闲居在家,是可耻的。坐观钓鱼者:只好静坐旁观钓鱼的人。徒有:空有。这两句进一步用旁观钓鱼作比喻,表示自己有做官的愿望而无法实现。言外之意就是希望张丞相助一臂之力,不要使自己的欲望落空。

小朋友,诗人说那么多话是什么意思呢?原来呀,他是暗喻自己想出山做官,为国家做一点事情,请丞相帮忙。你看,有话直说不好么,转弯抹角说了一大堆话,谁能轻易揣摩出诗人的用意呢?

1. 你能背诵《望洞庭湖赠张丞相》一诗吗?
2. 你能揣摩出《望洞庭湖赠张丞相》一诗所传递的真正信息是什么吗?

回 乡

回乡偶书

少小离家老大回，

乡音无改鬓毛衰。

儿童相见不相识，

笑问客从何处来。

这首诗是诗人贺知章86岁时，因病还乡，刚回到家乡时所作。诗虽然有无限感慨，但主要还是抒发了和乡人见面的欢悦之情。偶书：随意写下来。乡音：家乡的口音。鬓毛：两耳旁边的头发。作者在外乡住了多年，年纪老了才回家。因为离家日子久了，容貌改变了，儿童们居然把他当客人来招呼。

这首诗只有28个字，它省掉了"少小"到"离家"，"离家"到"回来"中间的所有过程，只是抓住了最典型、最动人的东西，把一般人都有，却找不出适当的语言来表达的感情，用诗的语言表达出来，使人感到亲切的人情美，给人以生动朴实的趣味。这大概就是这首诗千百年来久久传颂的原因吧。诗人在晚年回到阔别已久的故乡,心情怎样呢?诗人避开了这个话题,而是从侧面来写,使诗变得迂回曲折,活泼有趣。由于离家太久,村里的孩童当然都不认识他。小朋友都很好奇,看见陌生老人到来,都围上去,"笑问客从何处来",这个场面写得很精彩。惊喜活泼的气氛,人物的语言、姿态和神情,都仿佛出现在我们眼前。诗也在这有问无答中结尾,使人感到真切,余味悠长,富有浓浓的生活气息和天真的童趣。

小朋友,你知道这首诗作者想表达什么感情吗?原来呀,作者想表达"衣锦还乡"时对人生、生活的感慨,而"少小离家老大回,乡音无改鬓毛衰"则成了千古还乡者共同品赏"伤老"之情的名句。

1. 你能背诵《回乡偶书》一诗吗?
2. 你能揣摩出《回乡偶书》一诗所传递的真正信息是什么吗?

玉门关

出 塞

黄河远上白云间，

一片孤城万仞山。

羌笛何须怨杨柳，

春风不度玉门关。

背后的故事

这首诗的作者王之涣，是与高适、王昌龄齐名的，以描写边疆风光著名的唐代诗人。这是一首描写唐代西北边塞景象，表现出塞远征的兵士们思想感情的诗歌。诗题一作《凉州词》，这是古代歌曲中的一种。凉州是现在甘肃省武威县。

诗中的"黄河远上白云间"一句，写远望黄河，就像与天边白云相接。这应是诗人的想象，因为玉门关这一带并没有黄河。这种现象，唐诗中经常出现。孤城：指玉门关。万仞：几千丈。仞，是古代计算长度的单位，八尺为仞。羌笛：古代羌族的一种乐器。杨柳：《折杨柳》，古代的一种歌曲。玉门关：在甘肃敦煌县西。

这首诗的开头雄浑高远，描绘了道地的西北风光，似乎看到黄河的源头在云端之上。第二句写孤城和高山。这孤城就是凉州城。戍守边疆的战士来到这里，只见万仞高山环抱着这片荒凉的城池，与内地景物已大不相同。过了凉州，还要继续向西行军到玉门关外，愈走愈荒凉，就连常见的杨柳也都看不到了。因此，一听见当地羌人吹起哀怨的《折杨柳》曲调时，战士们自然就会想起家乡的景物、家乡的亲人，面对眼前景象，产生出一种异样的迷惘的感觉，但又无可奈何，只有自我安慰。全诗在豪放中寄托哀怨。

这首诗的大意是说：远望黄河就好像奔流在白云中间，戍守边疆的战士来到这里，只看见一座荒凉的孤城依傍着万仞高山。羌笛你何须吹奏出哀怨的杨柳曲，难道不知那春风从来不度玉门关吗？

1. 你能背诵王之涣的这首《出塞》吗？
2. 请你说说这首诗的大意。

鹳雀楼

登鹳雀楼

白日依山尽，

黄河入海流。

欲穷千里目，

更上一层楼。

这首诗的作者王之涣，是盛唐时期的重要诗人。他的七言绝句《凉州词》和这首五言绝句，是历代传诵的名篇。

鹳雀楼：旧址在今山西省永济县。楼有三层，前可瞻望中条山，下可瞰视黄河，因常有鹳雀（一种水鸟）栖息在上面，因而得名。这是当时的登览胜地，后被河水冲没。但是今天的人所以能知道鹳雀楼，大约都是读了王之涣这首诗的缘故，可见这首诗的影响之大。尽：指太阳即将全部西沉。穷：尽。千里：形容很远。目：视力。更："再"的意思。这是一首抒情的短诗。前两句写登楼所见，以粗大的笔触，描绘出落日依山、黄河奔流的苍茫景色，展现了一幅美妙的图画。后两句通过登楼远眺这一独特的内心动态的表白，抒发了一种

积极向上的思想感情。

这首诗的大意是说:明亮的太阳已接近西山,很快就要沉落下去了;黄河向着东海汹涌地奔流着。要想看清千里远的地方,把壮丽的景色尽收眼底,最好就是登上更高的一层城楼。全诗只有 20 个字,成功地创造了一个完整的意境,发人深思,这是一种奋发向上,不断追求的精神表现,也正是盛唐时期国力强盛的时代精神的表现。后两句常用来说明站得高才能看得远。也有人用来鼓励人们鼓足干劲,再接再厉去争取更大的胜利。

1. 你能背诵《登鹳雀楼》一诗吗？
2. 请你说出"欲穷千里目,更上一层楼"的意境。

古 迹

与诸子登岘山
人事有代谢，
往来成古今。
江山留胜迹，
我辈复登临。
水落鱼梁浅，
天寒梦泽深。
羊公碑尚在，
读罢泪沾襟。

背后的故事

　　这是唐代诗人孟浩然写的一首诗。代谢：更替变化。开头两句是说，社会人事不断更替变化，古往今来就成为历史了。留胜迹：前人留下来的名胜古迹。这里指岘山上的羊公碑和山下的鱼梁洲等。我辈：指和作者同游的人们。登临：登山眺览。鱼梁：襄阳鹿门山附近沔水中的沙洲名。梦泽：水泽名，在长江之南，后淤积为陆地，大约为今洞庭湖北岸一带地区。这两句说，寒冬水浅，沙滩显露，大泽荒凉，一望无际而显得深邃。全诗的大意是：社会人事有变化，羊祜往来这里的事已成过去。这山上留有很美的古迹，因此我们这些人又来登临瞻仰。天寒时水位低落，鱼梁地势增高，人们觉得水变浅了。云梦泽低凹地势毕现，又让人觉得很深。羊公碑至今还在，读了使人泪湿衣

襟。这首诗是作者登上湖北襄阳境内的岘山凭吊古迹写的。小朋友,你知道凭吊的古迹是什么吗?原来呀,在岘山有一座"羊公碑",这是为纪念西晋时镇守襄阳的将军羊祜的。羊祜在镇守襄阳时,为老百姓做了许多好事,老百姓对他感激涕零。在他死后,老百姓立碑纪念,后人从碑上读到他的事迹后,无不掉泪,所以又称此碑为堕泪碑。诗中"人事有代谢,往来成古今"一句,成为千古名句。

1. 你能背诵《与诸子登岘山》一诗吗?
2. 你知道为何"羊公碑"又叫"堕泪碑"吗?

春　晓

春　晓

春眠不觉晓，

处处闻啼鸟。

夜来风雨声，

花落知多少？

　　孟浩然的这首诗，语言明白如话，诗人为浓郁的春光所陶醉的情意，在不言之中。孟浩然一生主要是在隐居和漫游中度过的，因此，自然山水是他诗歌的主要题材。他的诗中，有隐遁生活的反映，有旅途山川风物的摹写，也有求仕不得的牢骚。他的诗诗意清幽，恬淡自然，与王维齐名。杜甫、李白对他都比较推崇。这首诗中写夜雨、落花、鸟啼，表现出惜春之情。有风雨声，却并不寒冷；有落花，却并不衰颓；一片啼鸟声，显得春意盎然。显然，诗人不是伤感而是急切和激动。诗题"春晓"指春天早晨。诗中的"不觉晓"指不知天已亮了。诗的第一、二两句，写诗人或许还睡在床上，听到百鸟争鸣，这预报着天气已经放晴了。诗人的心自然也飞出屋外，飞入春天的怀抱中。

这里用的不是视觉,而是听觉。春天的声响在诗人的心里引起了强烈的共鸣。这使他想起了昨天晚上搅扰得不能安睡的风雨声,不知花儿在风雨中究竟掉落了多少。尽管只是作者在屋里的推测猜想,然而对生机勃勃的春天,对万紫千红的花朵那种爱惜的心情却跃然纸上。全诗的大意是:春天贪睡不知不觉天已亮了,到处都响起鸟儿的啼叫声。昨夜那一阵刮风下雨,不知花儿被打伤吹落了多少啊?春日的早晨,生意盎然:鸟雀到处啼叫,经过夜来的风雨,地上到处是落花。从落花可以使人联想到花丛草木。诗人把握住了这一特点,淡淡几笔就勾勒出了一幅春晓图。

1.你能背诵孟浩然的这首《春晓》吗?
2.你能说出这首诗的大意吗?

江南好

忆江南

江南好,

风景旧曾谙。

日出江花红胜火,

春来江水绿如蓝。

能不忆江南?

这是唐代诗人白居易写的一首词。

他曾经在杭州(今属浙江省)、苏州(今属江苏省)做过刺史(地方长官)。就是他把杭州的烂泥塘修整成为今天的西湖。

他曾到过庐山,所以对江南风景是非常熟悉的。这首词就是他对江南风景的怀念。他写过不少表现江南风景的诗篇。他写的词不多,在学习民间词、倡导写词方面有一定的贡献。这首词描写了祖国江南的美丽景色,抒发了自己的怀恋之情。

江南:这里指的是苏州、杭州一带。

旧曾谙:从前很熟悉。

江花:江中的浪花。

蓝：指蓝草，一种植物，叶可制染料。

这首词的大意是：江南景色美好，那里的风光我从前就很熟悉。初升的太阳照着江面的浪花，江面的浪花啊，比火花还要美丽；春天到来，江水碧绿，碧绿的颜色啊，只有蓝草可以相比。这一切，怎能不撩起我对江南的回忆呢？

"上有天堂，下有苏杭"，所以一说到江南，就使人有一种风光旖旎、美景无边的感觉。诗人的这首词从总的美感中特别绁绎出"日出江花"这一动人时刻，加以涂饰，说它的颜色"红胜火"，多么鲜艳。紧接着又说"春来江水绿如蓝"，这两句生意盎然，沁人心脾，形象性极为高妙。我们现在读这首词，也很自然地产生了祖国的江山如此多娇的感觉，并因而产生了热爱这多娇江山的思想感情。

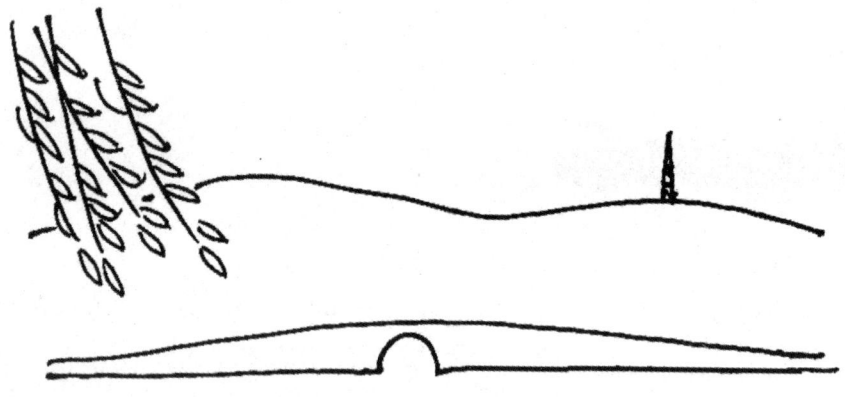

1. 你能背诵白居易的《忆江南》这首词吗？
2. 说说这首词的大意。

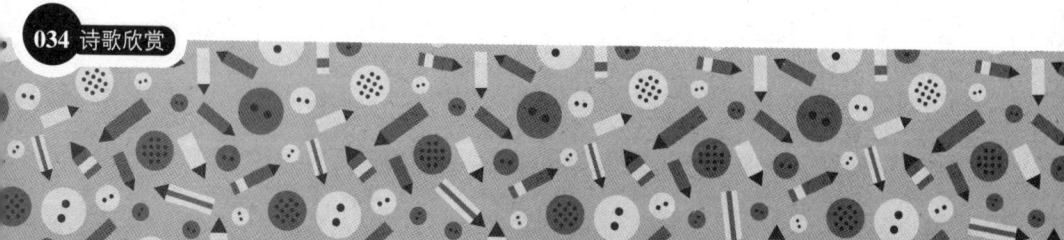

冰 心

芙蓉楼送辛渐

寒雨连江夜入吴,

平明送客楚山孤。

洛阳亲友如相问,

一片冰心在玉壶。

这是唐代诗人王昌龄在镇江芙蓉楼送别友人辛渐时写的一首赠别诗。诗人于开元二十八年(740)被谪为江宁丞,这首诗大约就是在这之后不久写的。

诗题中的"芙蓉楼",故址在旧镇江府(今江苏镇江市)西北角。辛渐:可能是王昌龄的朋友,事迹不详。

吴:镇江属古代吴地。这句是指诗人所在地镇江下了寒冷的夜雨。

平明:天亮的时候。楚:也是指镇江一带。古代吴、楚相接(吴在东,楚在南),所以这里的"楚"和上句的"吴"实指同一个地方。孤:孤独。送客时因心情孤寂,山也显得孤单。

冰心：心像冰一样明净。鲍照《代白头吟》："直如朱丝绳，清如玉壶冰。"作者用"玉壶冰"比喻清白，化用了鲍照的诗句，以表示自己的清廉。

这首诗的头两句写送客的清冷气氛，暗喻宾主的惜别心情和诗人当时连遭贬谪的险恶处境。后两句则要求辛渐郑重地向洛阳亲友宣告，自己"心如玉壶冰"，对官场的得失已经不在意了。这表现了诗人不慕名利、不同尘俗的可贵品格。

全诗的大意是：秋天的寒雨连着长江夜里洒入东吴，天刚亮就送别友人，楚山也显得孤独。朋友啊！你到了洛阳以后，如果有亲友问起我，你就说我的心就像冰块放在玉壶里，"清如玉壶冰"啊！王昌龄的这首送别诗，构思新颖，感情真挚，而且还能充分表现出诗人自己的品格和个性。

1. 你能背诵《芙蓉楼送辛渐》这首诗吗？
2. 你能说说"一片冰心在玉壶"这句诗的意思吗？

相 思

相 思

红豆生南国，

春来发几枝？

愿君多采撷，

此物最相思。

背后的故事

  这首诗是唐代诗人王维写的。这是一首寓情于物，借红豆以寄相思的诗。诗中的"红豆"又名相思子，生于岭南，在我国广东、广西等地，树高丈余，子豌豆大而微扁，全身红色，有的一端黑色，或有黑色斑点，可做装饰品。古人常用以象征爱情或相思。关于红豆有不少传说，并常被人写入诗篇，这是著名的一首。南国：南方。君：您，指这首诗赠送的对象。撷：摘。这首诗的前两句，以红豆起兴，接着设问它春来又发出几枝，说明诗人是到过红豆生长的南国，而且是在这里结识了"愿君多采撷"中的"君"的。诗中所相思的正是此"君"，紧接着说出希望对方多采撷几枝红豆，因为此物最能勾起相思。透露出诗人至今仍然在怀念着对方，也希望对方不要轻易忘了自己。据一部野史记载,安史之乱发生后,唐玄宗逃跑到四川,当时著名的音乐家李龟年流落湘中,曾在采访使酒宴上唱了"红豆生南国"这首诗,在座的人听了,都望着唐玄宗逃奔的方向流泪。说明这首诗感染力是很强的。全诗的大意是:那生长在南国的红豆树啊,不知道今年春天又发了几枝?希望你多多采撷,这东西最能引人相思啦。这首诗以红豆寄相思,表面写作者希望朋友见红豆而思我,实际是表白我的相思之情,婉曲动人,意境高妙。

1.你能背诵王维的《相思》一诗吗?
2.你能说出这首诗的大意吗?

静夜思

静夜思

床前明月光，

疑是地上霜。

举头望明月，

低头思故乡。

背后的故事

　　这是李白诗歌中流传最广的一首。它代表李白诗歌的又一种风格。这首诗只用寻常的口语，毫不费力，却写出了一种意境，表达了怀念家乡的感情。虽然词语浅近，却形象、好记。这首小诗描写作者在寂静的月夜，对故乡的怀念。语言浅近，情真意切，形象感人。作者曾说过："清水出芙蓉，天然去雕饰。"他的许多小诗，的确达到了这样清新自然的艺术境界。

　　这首诗的大意是：我看见床前有明月的光影，怀疑是地上结了秋霜。我抬起头来望见了明月，低下头来思念我的故乡。小朋友，你知道这首诗表达了诗人什么样的情感吗？原来呀，这首诗写作者晚上要上床睡觉时，忽然发现月光很美。月光牵动了游子的思乡之情，一阵惆怅的诗情涌上心头。

　　这首诗在写法上纯用素描,信笔写来,情景如画;语言朴实浅易,但情深似海,如出天籁。夜阑人静,本是思想感情泛起波澜的时候,更何况在这明月如霜的清冷秋夜!作者在"举头"、"低头"一仰一俯间,勾勒出一幅生动形象的游子月夜思乡图。这首诗的后两句是名句,常被人们引用来表达游子的思乡之情。

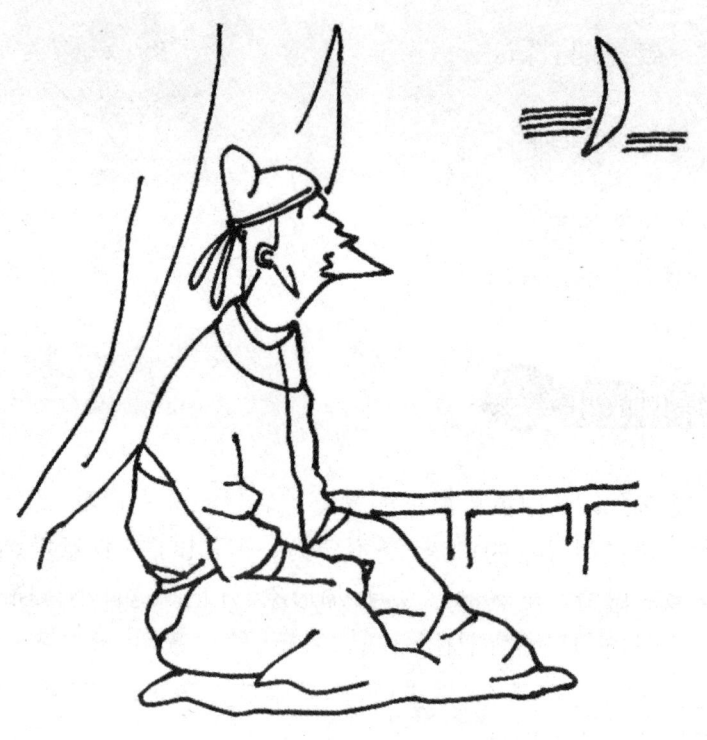

1.你能背诵《静夜思》一诗吗?
2.你能说出《静夜思》一诗的大意吗?

白帝城

早发白帝城

朝辞白帝彩云间，

千里江陵一日还。

两岸猿声啼不住，

轻舟已过万重山。

背后的故事

这是唐代大诗人李白写的一首诗。唐代永王李璘兵败被杀后，李白也因此被流放夜郎（今贵州遵义附近）。公元759年春，李白在流放途中，到达白帝城时遇赦，便乘船回到江陵（在今湖北省）一带。这首传诵古今的七言绝句大约是在这时创作的。这首诗气势奔放，描写生动，表面上写归舟从上游顺流而下时的神速，实际上抒发了他在获释途中轻松欢快的心情。

辞：别，离开。这里指出发。白帝：白帝城，故址在今重庆市奉节县白帝山上。它下临长江，距三峡西口夔门极近。白帝山虽不高峻，但从江船仰望，仿佛城接云霞。千里：白帝城到江陵约六百余里，这儿说千里，是大略的说法，形容两地相距之远。啼：鸣叫，猿的叫声像啼哭。轻舟：指载得轻行得快的船。

　　大意是：早晨我告别被彩云笼罩的白帝城，一天就赶到了千里之外的江陵。耳朵里还有两岸猿的叫声，我乘坐的轻快的小船便已驶过万重山。

　　这首诗通过描写由四川白帝城到湖北江陵的船行迅速，表达了诗人对祖国壮美河山的赞叹之情。此诗借景抒情，寓情于景，字里行间浸透着诗人对生活的热爱，其中"两岸猿声啼不住，轻舟已过万重山"一句，也成千古名句。

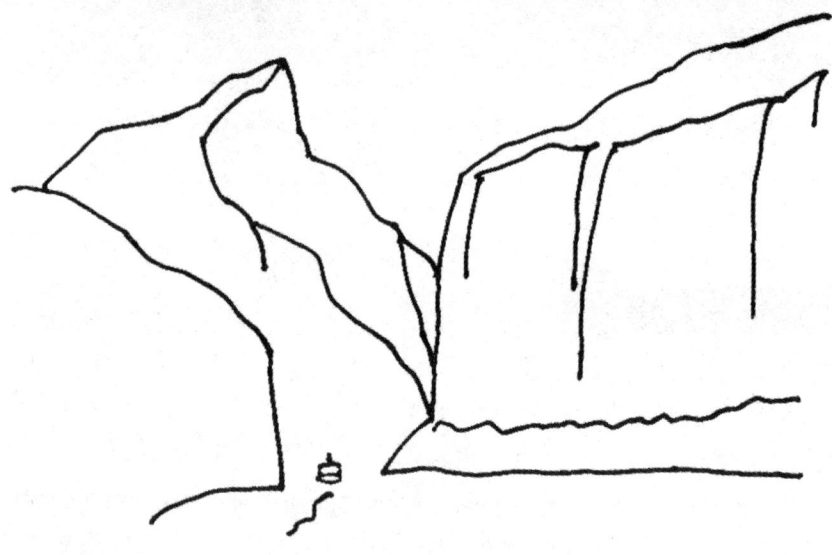

1. 你能背诵《早发白帝城》一诗吗？
2. 你能体会"两岸猿声啼不住，轻舟已过万重山"中的意境吗？

下扬州

黄鹤楼送孟浩然之广陵

故人西辞黄鹤楼，

烟花三月下扬州。

孤帆远影碧空尽，

唯见长江天际流。

背后的故事

　　这首诗是李白在黄鹤楼送孟浩然去扬州时所作。它通过对别离时候长江景物的描写，表现了诗人对友人的深挚感情。

　　孟浩然是李白游历襄阳时的布衣之交。他两人的友谊诚挚深厚。李白对这位比自己年长十岁的朋友，怀有深深的敬意，曾用"吾爱孟夫子，风流天下闻"的诗句来赞美他。

　　诗题中的"黄鹤楼"，现在湖北省武汉市武昌的长江边上。作者写这首诗是为了送他的朋友孟浩然到扬州去。之：去，到。广陵：现在江苏省扬州市。

　　诗中的"故人"，老朋友，指孟浩然。西辞：从西方离开。（武汉市在扬州市的西方。）

烟花：指繁花盛开的春天的景色。

孤帆：一只帆船。碧空：青天。这两句是说，作者目送友人乘坐的"孤帆"远去，最后唯见浩浩江水，流向天边。这给读者描绘出一幅心旷神怡、阔大无边的意境图，还使人感觉到送行者目送友人的帆船不忍离去，伫立良久，直到看不见了，才把目光转向滔滔的江水。在这种高远雄浑的气象中，映衬出诗人对好友离去所产生的无限惆怅的心情。

全诗的大意是：我的老朋友就要辞别黄鹤楼了，在繁花盛开的三月去游扬州。一片白帆消失在碧空的尽头，眼前只剩下滚滚长江向东流去。这首诗的后两句，可以用来比喻亲友离别的依依不舍之情。

1. 你能背诵《黄鹤楼送孟浩然之广陵》一诗吗？
2. 你能说说这首诗的大意吗？

送 行

送友人
青山横北郭，
白水绕东城。
此地一为别，
孤蓬万里征。
浮云游子意，
落日故人情。
挥手自兹去，
萧萧班马鸣。

背后的故事

这是唐代诗人李白为朋友送行而写的一首诗，充满了诗情画意。诗人与友人策马辞行，情意绵绵，难分难舍。这首五律，描述送别情景，历历如在目前，语言流畅，好像毫不受格律的束缚。

诗中的"郭"指外城。蓬：草名，又叫飞蓬，枯后根断，遇风飞旋。这里借喻远行的人。"游子"指友人。"故人"指自己。这两句是说，游子离别以后，将像天上的浮云一样飘忽不定；夕阳西下时相送，更增添了惜别之情。萧萧：马鸣声。班马：临别的马。

这首诗的大意是：青山横在外城的北面，白水从东城边绕过。我在这里与你分手告别，从此将如孤独的蓬草四处漂泊。远行的友人啊，你在官场中游荡，来去如浮云般飘浮不定。告别朋友离去，思念

却如落日欲回而不能回。我与你在此挥手告别,而那分道离群的马却长鸣不已,不忍离群而去。

这首送别友人的诗,所送的人是谁,在哪里送别的,都没讲。诗通过对送别环境的刻画,依依惜别气氛的渲染,用触景生情、即景取喻的手法,很好地表达了送别友人时的那种感情,反映了老朋友之间的深挚友谊。这首诗写送别友人时的离情别意,感人肺腑,"浮云游子意,落日故人情"亦成为有关送别的千古名句。天空中一抹白云随风飘舞,任意东西;远处红彤彤的夕阳徐徐而下,似乎不忍突然离开大地。人们也借此来表达朋友之间真诚、执着的友情。

1. 你能背诵《送友人》一诗吗?
2. 你能体会"浮云游子意,落日故人情"一句的意境吗?

夜光杯

凉州词

葡萄美酒夜光杯,

欲饮琵琶马上催。

醉卧沙场君莫笑,

古来征战几人回?

背后的故事

　　王翰的《凉州词》共两首,这一首历来为世人所传诵。这首诗写边塞军队生活的一个场面:战斗归来,营中已备好美酒,弹起琵琶,催促大家畅怀痛饮。你可不要笑我们喝得醉卧沙场,要知道能从战场上平安回来,实在是不容易啊!诗中没有正面描写战争,而是从侧面用饮酒烘托,写得十分含蓄而又真挚动人。这是盛唐边塞诗中的精品。表现了戍边将士豪爽开朗的军人性格和视死如归的无畏勇气。诗中的"夜光杯",玉杯名,用白玉制成的酒杯,夜间可以照光。甘肃境内产美玉,古代用它制造夜光杯,很有名。催:催饮。诗的第一句,写酒美杯也美,令人不能不饮。第二句,写一面想饮,一面又听到马上的琵琶弹奏。一种军营或行军途中人马杂沓的景象,出现在人们眼前。最后两句,写这个征人在这种怆惚的气氛中,还是痛饮一番,并且以"古来征战几人回"表示我们早把生死置之度外了。这首描写边塞战士饮酒出征的边塞诗,描绘边塞风光,歌咏边地将士们的生活,反映他们的快乐和痛苦,这是唐朝鼎盛时期诗人们的一种风气。人们把写这种诗的诗人称为边塞诗人。对边塞生活的向往、对建功立业的热烈追求,成为边塞诗人创作的动力,使他们写出了大量洋溢着奔放的热情、充满着异地风光的诗歌,为唐诗的繁荣增色,也反映了盛唐的时代精神。王翰的这首诗,就是表现盛唐昂扬向上的情调而又艺术性很强的代表作,曾被人推为七绝的压卷之作,千百年来,广为传诵。这首诗的大意是说:刚把葡萄美酒斟满夜光杯,正想举杯痛饮一醉方休,马上的琵琶弹奏起来。要是醉倒在沙场上,请你们不必见笑,自古征战的人有几个能活着回来?

1. 你能背诵王翰的这首《凉州词》吗?
2. 你能说出这首诗的大意吗?

悼 春

浣溪沙

一曲新词酒一杯，
去年天气旧亭台。
夕阳西下几时回？
无可奈何花落去，
似曾相识燕归来。
小园香径独徘徊。

背后的故事

这是北宋初期重要词人晏殊的作品。这首词写的是游园悼春感旧。暮春时节，诗人望着西下的夕阳，看到花落燕归，便想到春天的衰残和时光的流逝。

上片追忆去年的情景，下片书写当前的寂寞心情。在短短的篇幅里，写出了时间、地点、人物的动作和复杂的心理活动。语言自然而凝练，尤其是"无可奈何花落去，似曾相识燕归来"这两句，意思是，到了暮春时节，百花凋落衰败，此情此景，心里感到无可奈何；去年飞去的燕子又飞了回来，好像互相认识。这一联对仗工整，是经过反复锤炼才写出来的，然而却显得自然，没有雕琢的痕迹。颇有新意，特别耐人寻味，成为传诵至今的名句。词中的"香径"指散发着

落花香味的小路。徘徊:来来回回地走。

词的大意是:饮一杯酒,把"新词"唱一遍,亭台依旧,天气也像去年,过去的光阴几时回来呀?傍晚的太阳正落下西山。花儿凋谢了,想要它不谢也是枉然,燕子飞回来了,好像还是去年的燕子。花园的小路上香气还在散发,我独自徘徊,悼惜这春天的衰残。晏殊的词,有它自己的特点,部分作品含蓄委婉,富有情韵,不乏名章佳句,这使他成为北宋的重要词人之一。

1. 你能背诵晏殊的这首《浣溪沙》吗?
2. 你能理解"无可奈何花落去,似曾相识燕归来"的意思吗?

春 怨

春 怨

打起黄莺儿，

莫教枝上啼。

啼时惊妾梦，

不得到辽西。

这是唐代诗人金昌绪为后人留下的唯一一首诗，却是一首脍炙人口的好诗。这首诗像乐府民歌一样，简单朴实，却意味深长。

这首诗写一个妇女思念她出征辽西的丈夫，但不从正面写她是如何思念，而是经过巧妙的艺术构思，写她梦中去辽西和征夫相会。这就把她的真挚深情有力地表现出来。正因为她深切地思念着丈夫，所以希望把梦一直做下去。但天明莺啼，将好梦惊醒，于是要赶走树上黄莺，"莫教枝上啼"。这就把思妇的内心活动，揭示得十分深刻，同时含蓄而有余味。

诗的大意是：我赶走那惹人讨厌的黄莺鸟，不让它在枝头上不停地啼叫。因为它叫起来就惊扰了我正在做的好梦，使我不能在梦里

到达辽西。

　　小朋友,你知道诗中的主人公为什么那么盼望做梦到辽西去吗?原来呀,那会儿辽西是中国的边疆,主人公的丈夫在那里守卫边关。丈夫为保卫祖国久久不能归家,做妻子的为解离别之苦,只盼在梦中到辽西去同丈夫相会。正好梦见到了辽西,刚要同丈夫相会,却被黄莺鸟儿的啼叫惊醒了。美梦做不成了,你说可恼不可恼?这首诗富有浓厚的生活气息,而且揭示出战争给人们带来的无限痛苦。在写作布局上,采用倒叙手法,一个悬念接一个悬念,清新流利。

1. 你能背诵《春怨》一诗吗?
2. 你能揣摩出《春怨》一诗表达的真意吗?

月 夜

月 夜

更深月色半人家，

北斗阑干南斗斜。

今夜偏知春气暖，

虫声新透绿窗纱。

背后的故事

　　这是唐代诗人刘方平写的一首诗。他的诗悠远细腻，擅长绝句。这首诗写春天一个月夜的感受，向人们传递春天的消息，引起了古今许多人的共鸣。初春的深夜，月光斜照，星宿横斜，十分静谧。在这样幽静的环境中，诗人感到大地回春，万物复苏，虫声透窗，一片生机。

　　诗中的"更深"指深夜。半人家：指深夜西斜的月光只照亮了半个庭院。北斗：指北斗七星。阑干：横斜的样子。南斗：二十八宿之一，有六颗星。偏知：意外地感知到。新：初。

　　这首诗的大意是说：夜阑更深的时候，月影斜照着半个庭院，北斗星横卧天空，南斗星也变得倾斜了。人们大多睡熟了，今夜我却感到春天的温暖气息,虫鸣声刚开始透进窗纱里来。这首诗歌咏早春月夜,语言洗练,把难以名状的暖人春气和难以言表的对新春的感受都写得十分生动传神,"今夜偏知春气暖,虫声新透绿窗纱"一句真是写得好极了,成为千古流传的名句。

这首《月夜》虽是诗人一时的感受,写的也是月色、虫鸣这样的小事,但因为揭示了优美健康的内心世界,丰富了人们的精神生活,具有普遍意义和美学价值,所以照样为后人传诵。

1. 你能背诵《月夜》一诗吗?
2. 你能体会"今夜偏知春气暖,虫声新透绿窗纱"中的意境吗?

蜀 相

蜀 相
丞相祠堂何处寻？
锦官城外柏森森。
映阶碧草自春色，
隔叶黄鹂空好音。
三顾频烦天下计，
两朝开济老臣心。
出师未捷身先死，
长使英雄泪满襟。

背后的故事

　　这是唐代伟大诗人杜甫写的一首咏史诗。蜀相：三国时蜀国丞相诸葛亮。取诗的开头两个字做题目，是古人拟题的方法之一。丞相祠堂：武侯祠在今四川成都市南郊公园内。锦官城：古代成都的别称。成都产蜀锦，古代曾设有专官管理，所以又称成都为锦官城或锦城。柏森森：柏树长得高大而茂盛。唐朝时武侯祠前有老柏树，相传为诸葛亮亲手栽种。黄鹂：黄莺。三顾：三次拜访。频烦：多次烦劳。天下计：统一天下的谋略。两朝：指蜀刘备、刘禅父子两朝。开：帮助刘备开创基业。济：辅佐刘禅匡济艰危。出师：出兵。诸葛亮为了伐魏，曾六出祁山。英雄：这里指追怀诸葛亮的人们。全诗的大意是：丞相的祠堂在哪里呢？在成都锦官城外那柏树掩映的地方。青绿的草在春

天长着,树林中的黄鹂鸟儿婉转地鸣叫着,却没有人来聆听。刘备曾三次到你的家中拜访你,向你咨询统一天下的谋略,你从此为两代君王开创基业,匡济艰危,以至鞠躬尽瘁,死而后已。你出师伐魏未能取得成功就去世了,真让后世的有志之士为你惋惜,以至泪流湿了衣服。《蜀相》一诗表现出对我国古代智慧的化身,三国时期蜀国的丞相诸葛亮的无限仰慕和推崇,反映了诗人渴望改革朝政,促进社会进步的政治热情。

1.你能背诵《蜀相》一诗吗?
2.你能说出《蜀相》一诗的大意吗?

江 村

江 村

清江一曲抱村流，
长夏江村事事幽。
自去自来梁上燕，
相亲相近水中鸥。
老妻画纸为棋局，
稚子敲针作钓钩。
但有故人供禄米，
微躯此外更何求！

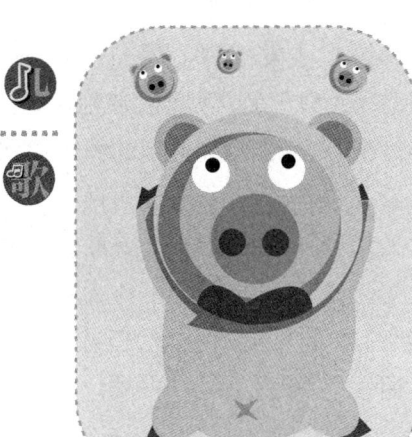

背后的故事

这首诗是盛唐诗人杜甫的作品，作者写于唐肃宗上元元年（760）夏天，当时杜甫草堂刚刚落成。这首诗即景抒怀，表现了诗人悠然自得的情调。

抱：环绕。清江一曲：说的是"一湾清江"。这里指的是浣花溪。事事幽：件件事情都幽雅有致。但有故人供禄米：此据《文苑英华》，《全唐诗》作"多病所须惟药物"。微躯：贱体。这是谦称。

这首诗的大意是说：（浣花溪）一湾清清的溪水绕着江村流淌，夏日的江村件件事情都是那么优雅有致。梁上的燕子自来自去，自由飞翔，水面上的鸥鸟是那么相亲相近。进入老年的妻子画纸做成棋盘，年幼的儿子把针敲弯做成钓钩。能享受这种村居之乐，是靠亲

朋老友接济的禄米。

　　这首诗首联描写环境,点明时令季节。"抱"字生动地描绘出溪水紧紧围绕着江村的情态。"事事幽"是全诗的意脉,其余各句的诗意都从这里生发出去。第二联(颔联)写景物的幽:燕子自来自去,正切的是"村"字;鸥鸟相亲相近,正切的是"江"字。而燕子和鸥鸟又都是长夏江村所常见到的景物。第三联(颈联)写人事之幽:老妻画纸做成棋盘,幼子弯针当做钓钩,各得其乐。这既符合各自的身份,又切合江村的特点。尾联抒写贫寒困窘的诗人要靠他人的接济才能生活下去,这不能不让人伤感。杜甫的咏怀诗多在结尾忽转凄婉,此诗本是写闲适心境,但在结句也不免吐露落落寡欢之情,读之顿生惆怅之感。

1. 你能背诵杜甫的《江村》这首诗吗?
2. 请你说出《江村》这首诗的大意。

望 岳

望 岳
岱宗夫如何？
齐鲁青未了。
造化钟神秀，
阴阳割昏晓。
荡胸生层云，
决眦入归鸟。
会当凌绝顶，
一览众山小。

背后的故事

这首诗是唐代诗人杜甫早期的好作品之一，是作者现存诗歌中最早的一首五言诗。开元二十三年（735），杜甫落第后，又开始了漫游生活。游历到山东一带，被泰山所吸引。他非常形象地描绘了这座名山雄伟壮观的气势，抒发了自己年轻时代的豪情和抱负。

诗中的"岱宗"指泰山。岱：长。宗：本。因泰山是五岳之首，因此有"岱宗"的称呼。夫如何：怎么样呢？夫，助词。齐鲁：春秋时的两个古国名。齐国位于泰山之北，鲁国位于泰山之南。未了：不尽。造化：指大自然或天地。钟：集中，聚集。神秀：神奇秀美的景色。阴阳：指泰山的南北。山北称阴，山南称阳。割：分割。昏晓：昏黑与天明。荡胸：指心胸开阔。层云：云气层叠。决：裂开。眦：眼眶。决眦：尽力张大眼睛。入：犹言没。入归鸟：指飞鸟入归山林。会当：一定要。凌绝顶：登上泰山之巅。一览：一眼看去。众山小：意思是说众多的高山都伏在泰山之下。

这首诗的大意是说：泰山怎么样呢？泰山有青色，在齐国、鲁国都能看见。泰山很高，能遮住太阳，山南天已亮而山北还在昏黑之中。云气重叠，望去使人心胸开阔，目送山中飞鸟归林。我一定要登上（泰山）绝顶，高瞻远瞩，那所有的山山岭岭都会显得十分渺小。

诗人在描绘泰山的壮丽景色后，发出了气壮山河的话语："会当凌绝顶，一览众山小。"现在人们常用"会当凌绝顶，一览众山小"这两句诗说明站得高、看得远的道理。小朋友们，你们能从这一千古名句里听出诗人的弦外之音吗？原来呀，诗人在述说自己一定要克服困难登上泰山的顶峰，表述自己要实现"语不惊人死不休"的凌云

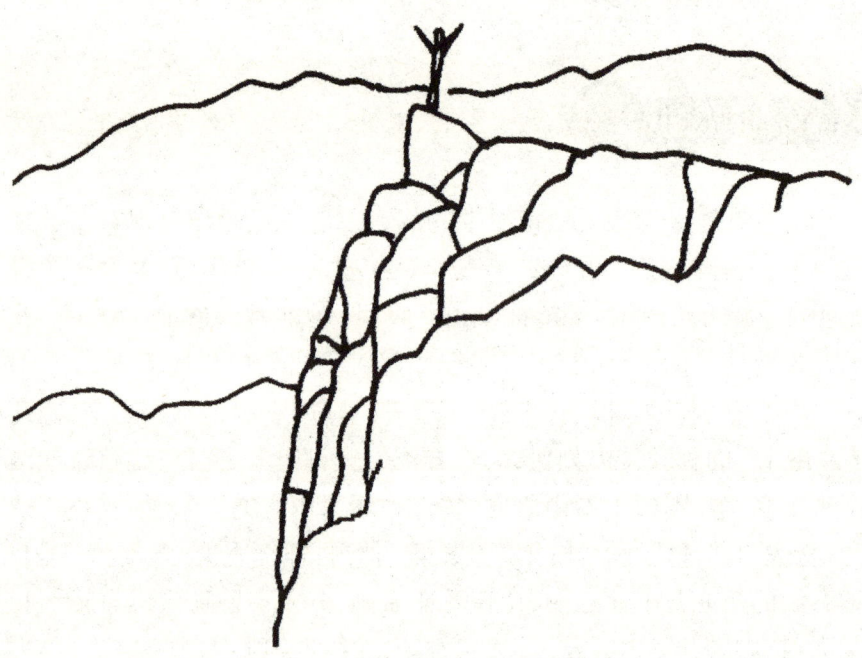

壮志,攀登上诗坛最高处的心声啊!

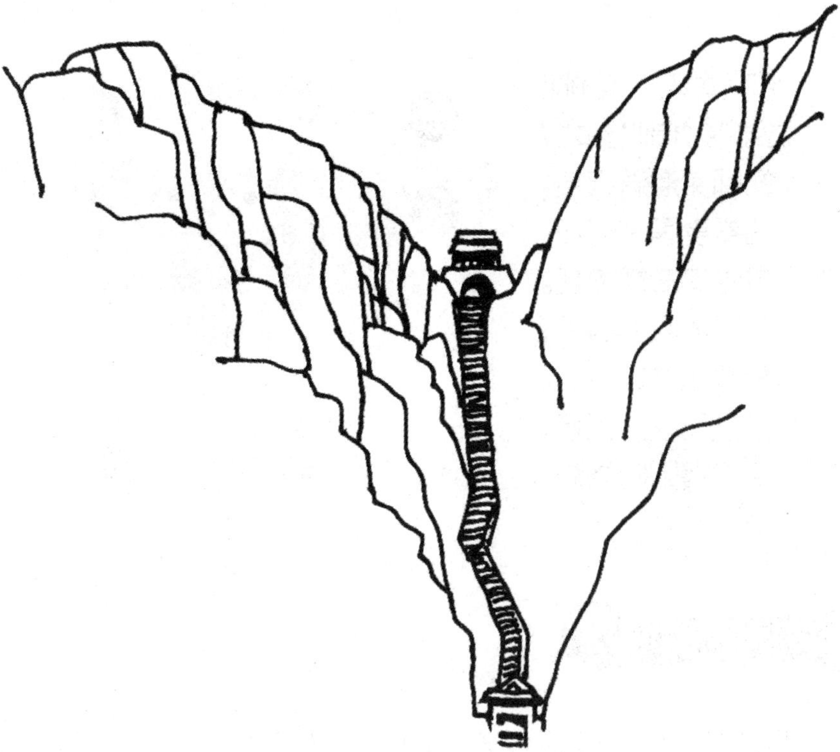

1. 你能背诵《望岳》这首诗吗?
2. 你能理解"会当凌绝顶,一览众山小"这两句诗的意思吗?

喜 讯

闻官军收河南河北

剑外忽传收蓟北,
初闻涕泪满衣裳。
却看妻子愁何在,
漫卷诗书喜欲狂。
白日放歌须纵酒,
青春作伴好还乡。
即从巴峡穿巫峡,
便下襄阳向洛阳!

背后的故事

杜甫的这首诗写于唐代宗广德元年(763)正月。他在四川梓州(今四川三台县)听到了安史之乱的叛军被平定,官军收复了黄河南北的失地,延续了八年之久的安史之乱从此结束的消息。他惊喜欲狂,随手挥笔,一气呵成。这首著名的七律,绘声绘色地抒发了诗人刚刚获悉胜利消息时的狂喜心情。这不仅真实而生动地反映了诗人个人的思想感情,而且也表达了饱经战乱困苦的人民共有的欢乐情绪。能这样充分地把握住心理状态的发展,细致、逼真地加以刻画,在诗歌中是少见的,也是十分成功的。而这首诗风格爽朗明快,又是杜诗中所少有的。诗中的"剑外"指剑阁以南,这里代指四川。蓟北:指幽州、蓟州一带,在今河北省北部,这是安禄山、史思明起兵

作乱的基地。却看:再看,还看。漫卷:随意胡乱地把书收拾起来。放歌:放声歌唱。纵酒:开怀痛饮。青春:指春光明媚的春天。巴峡:可能指重庆至涪陵一带的江峡,在巫峡之西。诗人是从巴峡出发,穿过巫峡,由水路返回洛阳的。巫峡:长江三峡之一。襄阳:地名,在今湖北省。这首诗的大意是说:一听到官军收复失地的好消息,就欢喜得流泪;接着就急忙收拾行装,计划约伴还乡,"放歌""纵酒",兴高采烈,马上就动身,穿过巫峡和巴峡,出了巴峡就下达襄阳,好向洛阳进发了(杜甫的老家在洛阳)。

1.你能背诵《闻官军收河南河北》这首诗吗?
2.你能说说这首诗的大意吗?

春 光

绝句四首（其三）

两个黄鹂鸣翠柳，

一行白鹭上青天。

窗含西岭千秋雪，

门泊东吴万里船。

背后的故事

《绝句四首》是杜甫寓居成都草堂时写的。这是第三首。

诗人在这首七绝中描写了四种景物：黄莺在青翠的柳丛中鸣叫，白鹭在万里碧空中飞翔，西岭上千年的皑皑白雪，浣花溪中停泊的万里行舟。这构成了一幅明丽清新、开阔生动的画面。描写中有动有静，鸣啼的黄莺、飞翔的白鹭是动景，千年积雪、停泊的行舟是静景，动静相间，和谐完美。这明快开朗的景色的描绘，反映了诗人此时的心情是欢快激扬的。

全诗四句两两对仗，极为工稳，表现了诗人对诗歌语言锤炼的功夫。

黄鹂：黄莺。鹭：鹭鸶。西岭：泛指岷山。岷山在成都西，常年积

雪。含：从窗中远看西岭白雪，所以用"含"。东吴：指今江苏、浙江一带。

诗的大意是：两个黄鹂在碧绿的柳树上婉转鸣叫，一行白鹭翩然飞向青天。透过窗子，西岭上那千年的积雪映入我的眼帘；大门外，我看见那些准备到东吴去的船静静地停泊在那里。

这首诗描写了杜甫草堂所在地浣花溪周围的美丽景色，表现了诗人对春光的赞美和对生活的热爱，全诗色彩相映，动静相生，远近相成，勾画出了一幅春意盎然、生机勃发的春景图。

1. 你能背诵杜甫的《绝句四首（其三）》一诗吗？
2. 你能体会《绝句四首（其三）》中的意境吗？

寻 花

江畔独步寻花七绝句
（其六）

黄四娘家花满蹊，
千朵万朵压枝低。
留连戏蝶时时舞，
自在娇莺恰恰啼。

儿歌

背后的故事

　　杜甫在成都新居"浣花草堂"过着暂时的安定生活。他喜欢这成都的春天，他用组诗的形式写下了他在春游时的见闻和感受。原诗共七首，这是其中的第六首。这是诗人在他游览了居住地草堂附近的一家种花人家后写的诗。这首诗用一种近乎白话的、浅近的语言写出一派春天景色，写得那样自然、那样轻快活泼，在杜甫的诗中代表了另外一种风格。前人说它近似于民间的《竹枝词》。黄四娘：杜甫在成都草堂时的邻居。唐人习惯以排行称呼人，当是一位排行第四的妇女。蹊：小径。留连：形容蝴蝶在花丛中飞来飞去，恋恋不舍。恰恰啼：正当诗人来到之际，适遇莺啼。恰恰：正好。唐时口语，至今还在蜀中流行。这首诗的大意是：黄四娘家的花园里，一丛丛鲜花连

成一片,把园中的小路也遮住了。花儿千朵万朵,又多又大,把花枝都压弯了。一双双蝴蝶在花丛中飞来飞去,色彩缤纷。树上,自由自在的黄莺在"恰恰"鸣叫,十分婉转动听。这首诗写尽了春天花园中的美丽,诗人陶醉在花团锦簇、春光烂漫的景色之中,喜从中来,写下了这首春天的颂歌和千古流传的名句:"留连戏蝶时时舞,自在娇莺恰恰啼。"

考考你

1. 你能背诵杜甫的《江畔独步寻花七绝句(其六)》一诗吗?
2. 你能体会"留连戏蝶时时舞,自在娇莺恰恰啼"中的意境吗?

春夜喜雨

春夜喜雨
好雨知时节，
当春乃发生。
随风潜入夜，
润物细无声。
野径云俱黑，
江船火独明。
晓看红湿处，
花重锦官城。

这是唐代诗人杜甫寓居成都时写的一首诗。诗人在春夜发现"好雨"降临，想到它的"润物"作用，满心喜悦，这种喜悦之情从字里行间流露出来。诗中的"发生"指"发生"雨，即下雨，落雨。这两句说，春雨及时而来，好像雨也晓得大地上什么时候需要它似的。

潜：悄悄地。润物：指滋润土地草木。这两句说，好雨不声不响地趁夜来了。语气中好像怪它不让人早点发觉，又好像赞美它暗中做好事不求人知，字里行间含着惊喜欢迎的意思。

野径：田野间的小道。这两句说，四野被乌云笼罩着，黑沉沉一片，只有江中渔船的灯火显得分外明亮。

红湿：指花带雨水而湿。花重：因花饱含雨水而沉重。这两句说，待到天亮一看,百花被雨水浸湿,这春天的花朵又增加了几分沉重。

全诗的大意是:好雨懂得时令节气,一到春天就下起来了。它随着风偷偷地在夜间来到了,滋润万物,悄无声息。野外的小路和云一样黑,江船上的火独自亮着。我早上起来,看见那些被润湿的红花,沉甸甸的,成都满街都是。

杜甫在诗中把春雨写得无限可爱,表达了诗人热爱生活的喜悦心情。"随风潜入夜,润物细无声"一句亦成为描绘春雨形象的千古名句。

1. 你能背诵杜甫的《春夜喜雨》一诗吗?
2. 你能体会"随风潜入夜,润物细无声"的意境吗?

报平安

逢入京使

故园东望路漫漫,

双袖龙钟泪不干。

马上相逢无纸笔,

凭君传语报平安。

这是唐代著名边塞诗人岑参写的一首诗。作者去安西任职途中,遇到去京城的使者,因而想到东方故乡的家人时写的。全诗虽只有四句,却写尽了那种匆匆相遇、急不择言的对家乡、对家人惦念的心情。作者虽对故园深为怀念,但只是请使者捎个平安口信罢了。诗的后两句,写得很传神。他的诗作以七言歌行体见长,热烈,铿锵,有气势,有激情。有些绝句也能体现这种风格。诗中的"故园"指作者在京城的家。漫漫:漫长、遥远。龙钟:涕泪流溢的样子。这句说,常用双袖去揩拭思家的泪水。凭:托。君:指入京使者。这首诗的大意是:我回首东望长安,只觉得长路漫漫。我把一双衣袖都擦湿了,眼泪还是流不完。你我在马上相遇,却没有纸笔可写信,只好请你帮我捎个

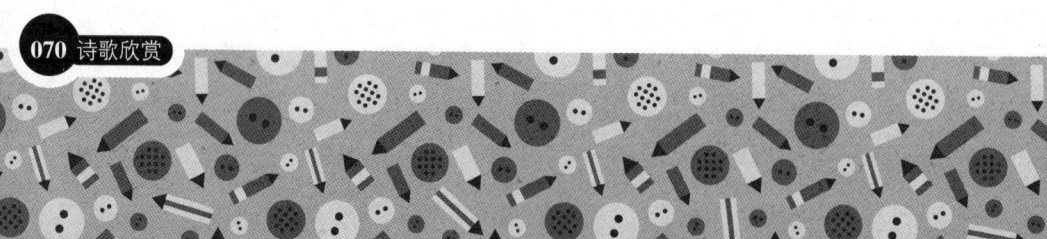

话回去:"我一切平安!"这首诗的前两句"故园东望路漫漫,双袖龙钟泪不干"极写思乡之情,令人销魂伤神,成为千古传诵的表现思乡伤情的名句。诗的后两句写路逢回京的使者,但行旅匆匆,只能道一声"传报平安",使读者的思乡之情油然而生,真挚感人。这首诗没有一句空洞的豪言壮语,语真情更真,把平常大家都可能碰到的平常事,写成了千古绝唱。

1. 你能背诵杜甫的《逢入京使》一诗吗?
2. 你能体会"故园东望路漫漫,双袖龙钟泪不干"中的意境吗?

战 乱

春 望

国破山河在,
城春草木深。
感时花溅泪,
恨别鸟惊心。
烽火连三月,
家书抵万金。
白头搔更短,
浑欲不胜簪。

背后的故事

这是唐代诗人杜甫在安史之乱的战争年代写下的一首诗。这时作者还陷在安禄山军队占据的长安。诗中写望见山河草木的感触,表现了叹息战乱延长和家书不易得到的心情。诗里的"草木深"指因人烟稀少,故草木丛生。这两句说,国家残破,山河未改,春光依旧,来到长安,但草木深深,自生自长,景象凄惨。"感时花溅泪,恨别鸟惊心"两句:诗人主观上有国破家亡的悲痛感情,故而见花开而流泪,闻鸟鸣而心惊。连三月:指从去年三月到今年三月战争不断。作者在沦陷区经过两个春天。抵万金:比喻十分难得。这两句说,在战乱中已度过了两个三月,要得到一封家信都是很难的。白头:指白发。搔:抓。人在苦闷时往往抓头,甚至扯乱头发。浑:简直。这两句

说,白发越搔越少,简直不能插簪子了。古人留长发,在头顶挽成髻,插上簪子,和冠连接起来。全诗的大意是:山河依旧,国家却残破了,人事全非。春天的长安城里,人烟稀少,草木茂盛。伤感时见到花儿也要落泪,惆怅时听到鸟的叫声也叫人胆战心惊。战事已经历过两个三月,这时一封家书有如千万两银子一样珍贵。我的头发落得很厉害,越搔越短,已快要插不住簪子了。这首诗写尽了饱受战乱之祸的百姓的痛苦,表达出一种渴求和平安定生活的愿望。"烽火连三月,家书抵万金"这千古名句,便是这种愿望最好的表述。

1.你能背诵杜甫的《春望》一诗吗?
2.你知道《春望》一诗表达了诗人什么愿望吗?

登 高

登 高
风急天高猿啸哀，
渚清沙白鸟飞回。
无边落木萧萧下，
不尽长江滚滚来。
万里悲秋常作客，
百年多病独登台。
艰难苦恨繁霜鬓，
潦倒新停浊酒杯。

背后的故事

　　这是唐代著名诗人杜甫在夔州（今重庆奉节县）作的。诗中通过对登高所见秋景的描绘，抒发了诗人作客他乡、年老多病的心情。

　　诗中的"渚"指水中的小块陆地。清：冷清。飞回：旋转地飞翔。落木：指落叶。萧萧：风吹叶落声。万里：指离家很远。百年：意思是一生。艰难：指时局，也指个人的生活。苦恨：很恨、深恨。繁霜鬓：因为时局艰难，生活困苦，白发日益增多。潦倒：衰颓失意。新停浊酒杯：当时诗人因有肺病，戒了酒。

　　全诗的大意是：风急天高，高猿长啸，显得十分悲哀，水清沙白的河洲上有鸟儿在盘旋。无边无际的树木萧萧地飘下落叶，望不到头的长江水滚滚奔来。离家万里悲哀地面对着这秋景，常年漂泊在外，

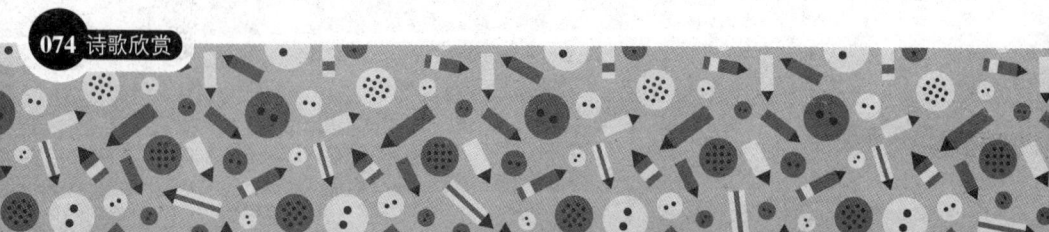

作客他乡。一生当中疾病缠身,今天独自登上高台。历尽艰难苦恨,双鬓长满了白发,困顿潦倒又多病,我最近只得戒酒停杯。

　　这首诗不仅思想内容深沉,艺术手法高超,而且格律严谨,前无古人。全诗八句两两对偶,一、二句在句中也有对偶,首句又入韵,这是七律中最严谨的诗。诗中第三联,万里作客、常作客、秋天作客、老年作客、多病作客、独作客、作客登台等多层意思,中心是一个"愁"字。诗人语言运用得多么神奇!全诗描写登高所见秋江景色,倾诉了久客他乡、老病孤愁的复杂感情,写得沉郁悲壮,前人评为"古今七言律诗第一"。

1.你能背诵《登高》这首诗吗?
2.说说"万里悲秋常作客"这句诗的多层意思。

原上草

赋得古原草送别
离离原上草,
一岁一枯荣。
野火烧不尽,
春风吹又生。
远芳侵古道,
晴翠接荒城。
又送王孙去,
萋萋满别情。

这是唐代诗人白居易写的一首诗,是一首名作。

诗题中的"赋得":古代凡是按规定的题目作诗,就在题目中加上"赋得"二字。这首诗或许是作者年少时练习应试的作品,所以也加此二字。

古原:多年的郊野平地。有人疑指长安乐游原一类地方。这首诗全篇咏古草原,却暗含送别的意思。诗中的"离离"指野草茂盛的样子。荣:茂盛。远芳:远处的芳草。晴翠:映着晴光的绿草。"侵"和"接"都有蔓延、连接的意思。王孙:这里借指友人。萋萋:草长得茂盛的样子。

结尾二句是说,送别朋友,面对春草,满怀离别的惆怅。

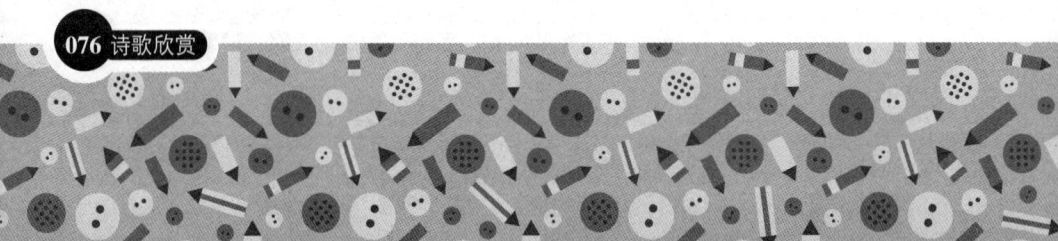

全诗的大意是:长得好长的古原上的草啊,一年有一次枯萎和茂盛交替的轮回。这些草儿野火也烧不尽呀,春风一吹它便会蓬蓬勃勃地生长起来。远处的芳草蔓延上了古道,映着晴光的绿草连接着荒城。我又在这里送别友人,心中的离情别绪犹如这繁茂的草儿一样深沉。

这首诗处处咏草,而又处处暗含送别,使人觉得情意缠绵,余味无穷,诗中的"野火烧不尽,春风吹又生"已成千古名句。这两句原本是诗人写古原风光和作者的感受的,现在用来比喻新陈代谢是事物发展的规律,新生事物总是要在艰难曲折中茁壮成长。

1.你能背诵《赋得古原草送别》一诗吗?
2.你能说出《赋得古原草送别》一诗的大意吗?

春 行

钱塘湖春行
孤山寺北贾亭西,
水面初平云脚低。
几处早莺争暖树,
谁家新燕啄春泥。
乱花渐欲迷人眼,
浅草才能没马蹄。
最爱湖东行不足,
绿杨阴里白沙堤。

背后的故事

小朋友,你到过钱塘湖吗?钱塘湖就是我国著名的风景区杭州西湖呀!古往今来,许多文人曾写诗歌颂西湖的美景,但很少有超过唐代诗人白居易写的描绘西湖美色的诗——《钱塘湖春行》。这首诗通过摄取初春的云雨、湖水、动物、植物的几个有典型意义的细节特征,把西湖初春胜景活灵活现地展示在人们面前。诗用词准确、生动、形象,气质清新,成为西湖写景的名篇,表现了诗人对西湖万物萌生的春天的热爱。

诗中的"孤山寺":孤山上的寺庙。孤山:西湖上的一处游览胜地,在里湖和外湖之间,孤峰耸立,秀丽清幽。贾亭:又叫贾公亭,早废了。水面初平:指春天湖水上涨,水平齐岸,刚刚涨得平满。云脚低:远望天云低垂,好像贴近地面。云脚:雨前或雨后接近地面的云气叫做"云脚"。早莺:新来的黄莺。争:争着飞往。暖树:向阳的树木。乱花:各种花草。行不足:游览观赏得还不够。白沙堤:又名十锦塘,在杭州西城外,沿堤向西南行直通孤山。春来桃柳盈堤,景色美妙,简称白堤。曾误传为白居易所筑。

　　这首诗的大意是:孤山寺的北面,贾公亭的西侧,湖水刚刚平了湖面,漂流的云气很低。好几个地方,早飞的莺鸟争抢着向阳的树木。不知谁家新来的燕子,开始在啄新泥筑巢了。那散乱绽放的花儿,渐渐地要让人眼花缭乱了。青青的小草,才刚刚能淹没马蹄子。我最喜欢湖东这一片,总觉得看不够,因为在这里,有绿杨掩映下的白沙堤。看,诗人在《钱塘湖春行》中描写的西湖景色多美啊!

1.你能背诵《钱塘湖春行》一诗吗?
2.你能说出《钱塘湖春行》一诗的大意吗?

剑 客

剑 客

十年磨一剑，

霜刃未曾试。

今日把示君，

谁有不平事？

背后的故事

　　这是唐代诗人贾岛所作的一首诗。贾岛是苦吟诗人，有人把他和孟郊并提，有"郊寒岛瘦"之称。他生活面较狭窄，心情淡漠，喜欢写萧条清寂的景物，风格追求枯淡。这种枯淡是从苦吟、锤炼中得来的。这首诗大约是作者中进士以前写的。它通过赞扬仗义勇为、铲除社会不平的剑客，抒发了作者胸中积郁的愤懑不平，以及对当时社会现实的不满。诗中包含着有朝一日能发挥才干，不枉费十年苦功夫的希望。诗人咏物言志。诗题一作《述剑》。诗中的"剑客"指精于剑术而有锄强扶弱济贫行为的人。霜刃：指剑刃锋利，寒光闪闪，有如秋霜。把示君：把剑拿出来给你看。示：一作"似"。"似"也是"与"的意思。有：一作"为"。原意很简单，大意是说：剑客花去十年

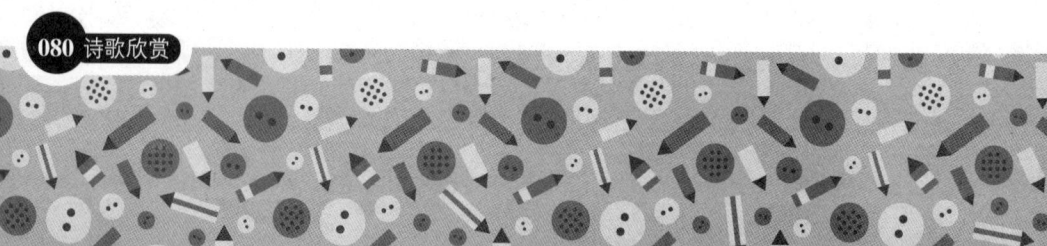

功夫,才磨制出这把宝剑;此剑刀刃如霜,寒光闪烁,是一把锋利无比却还没有试过锋芒的宝剑。今天将这把利剑拿出来给大家看看,告诉我,天下谁有冤屈不平的事,我去替他报仇!难道这位诗人真是一位行侠仗义的剑客?不,这位诗人不是剑客,诗中的本意是以剑客自喻,说自己通过长期学习,已经有了为国效力的本领,希望能以自己的才能为国家兴利除弊,做出一番事业。现在引用这两句话说明,功夫要历练多年才会有成效;也可以用来表现急于施展才能,干一番事业的壮志豪情。

1.你能背诵《剑客》一诗吗?
2.你知道《剑客》一诗的本意吗?

马 诗

马诗二十三首（其五）

大漠沙如雪，

燕山月似钩。

何当金络脑，

快走踏清秋。

背后的故事

这是唐代诗人李贺写的组诗《马诗二十三首》中的一首。名为咏马，实则借物抒怀，即借马来抒发诗人的愤慨，以及寄托抱负和愿望。李贺是古代著名的神童，七岁便能做诗。韩愈、皇甫湜因闻其名而过其家，他赋《高轩过》，韩愈惊异，从此负有盛名。他常骑驴出门，有小童背古锦囊随之，遇所得，辄书写投囊中。暮归，足成之。他的诗，神秘幽艳，想象力很丰富，浪漫主义色彩非常浓厚，在唐诗中别创一格。只是喜欢用奇特字句来表达诗意，使人不容易看懂。可惜他只活到27岁。这首《马诗》写骏马希望受到主人重用，幻想着清秋月下在西北边陲驰骋立功。诗的前两句勾画出一幅边地辽阔的自然景象，后两句写战马渴望驰骋于清秋的原野中。这是诗人借马来

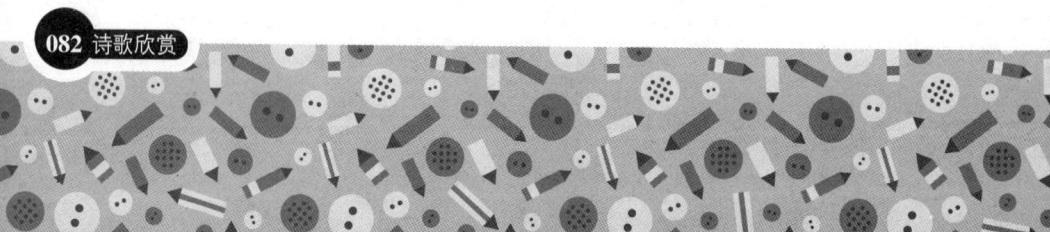

抒发自己急欲有所作为的豪迈气概。诗的语言明快,风格健爽。一个"踏"字,仿佛听到了战马奔腾的声音,又好像看到战马风驰电掣般的雄姿,给人以立体感。诗中的"何当"指何时。金络脑:金饰的马络头。走:就是跑的意思。这首诗的大意是:大漠的沙像雪一样白,燕山的月像钩一样弯。我什么时候才能套上金络脑,畅快地奔驰在这清冷的秋天啊!小朋友,你看,诗中没有写一个"马"字,却用边塞月夜的环境和黄金做的马络头——"金络脑"、"踏清秋",把马的形象活现在我们面前,写得多好啊!

1. 你能背诵《马诗二十三首(其五)》这首诗吗?
2. 你知道《马诗二十三首(其五)》好在哪里吗?

赤 壁

赤 壁

折戟沉沙铁未销,

自将磨洗认前朝。

东风不与周郎便,

铜雀春深锁二乔。

这是晚唐时期的重要诗人杜牧的一首诗。作者好谈兵论战,并自诩能文善武。他在这首诗中,嘲讽了赤壁之战中的东吴都督周瑜,借以抒发自己有才能却得不到施展的感慨。诗题"赤壁"在今湖北省武昌县西长江南岸的赤矶山。东汉末年,孙权和刘备的联军,曾在这里大败曹操的军队。诗中的"戟"指古代兵器。沉:埋没。自将:亲自拿起。认前朝:认出是前朝赤壁之战中的遗物。周郎:指东吴孙权的都督周瑜。赤壁大战中,曹操军队因不惯水战,为避免士兵晕船,用铁链把战船联在一起,使它不至于摇晃动荡。东吴周瑜,采纳部将黄盖所献之计,用数十艘载满油脂干柴的轻便战船,驶往曹营,诈称投降,一接近曹军战船,便放起火来。这时正逢东南风大起,大火烧毁曹军战船,曹军大败,孙刘联军因而获胜。铜雀:铜雀台,故址在今河北省临漳县西,是曹操的姬妾歌伎居住的地方。二乔:大乔和小乔,东吴美女。大乔是孙权兄孙策的妻子,小乔是周瑜的妻子。这首诗的大意是:当年赤壁之战遗留下来的折断了的铁戟,深埋在水底的泥沙中,经过了六百多年,还没有被锈蚀掉,经鉴定它确实是前朝遗物。那次战争倘若不是东风给周瑜方便,使他能火烧曹操,那么,东吴的两个美女将被曹操幽禁在铜雀台了。

1.你能背诵《赤壁》这首诗吗?
2.你知道"赤壁之战"是怎么一回事吗?

山 行

山 行

远上寒山石径斜，

白云生处有人家。

停车坐爱枫林晚，

霜叶红于二月花。

背后的故事

这是晚唐诗人杜牧的诗作。他的七言绝句写得很出色,风格高绝俊健、鲜明自然,表现出很高的驾驭文字的能力。这首诗通过秋日山林景色的描绘,赞颂了枫叶抗霜的精神,表现了诗人热爱自然的美以及乐观向上的思想感情。

诗题"山行"：在山中漫游。诗中的"寒山"：深秋时节的山。深秋天气寒冷,"寒"字是用来点明时间的。石径斜：指山中石路盘旋。白云生处：指山林的最深处,远望白云层生。坐：因为,为了。这句说,因贪爱枫林晚景而停车观赏。霜叶：枫叶。这句说,深秋的枫叶比春天的鲜花还红艳。诗的前两句用"远"、"斜"点出山势的高耸,用"白云"烘染山中人家的恬静；后两句写枫林,"枫林"是从"寒山"

的"寒"字生发出来的,而"晚"字又在表明山行的时间。末句以春季烂漫的繁花与秋季如醉的枫叶作比,并以停车不前表明非常喜爱枫林。

　　这首诗的大意是:远处深秋时节的山,有一条弯弯曲曲的小路,盘旋而上,伸向山头。山顶上白云飘浮,变幻万千,还隐约看得见有几处山石砌成的石屋石墙。近处,山路边有一大片的枫树,鲜红的叶子像一簇簇花球似的吐出娇艳的颜色,它比江南二月的春花还要火红,还要艳丽!诗人竟然顾不得赶路,把车子停了下来,恋恋不舍地欣赏着。

1.你能背诵《山行》这首诗吗?
2.说一说:"霜叶红于二月花"是什么意思?

泊秦淮

泊秦淮

烟笼寒水月笼沙,

夜泊秦淮近酒家。

商女不知亡国恨,

隔江犹唱《后庭花》。

这首诗是晚唐诗人杜牧的名作。这首诗通过写夜泊秦淮所见所闻的感受,揭露了晚唐统治者上层人物沉溺声色、醉生梦死的腐朽生活;抨击了他们只知贪图享乐,不问国家前途的罪行。诗写得凝练、含蓄。首联在写景中叙事,渲染出一种凄凉暗淡的气氛。这种气氛适宜表现商女所唱的靡靡之音。尾联在叙事中有议论,指斥当时最高统治集团腐化堕落,不顾国家艰危。诗题中的"秦淮",秦淮河。发源于江苏省溧水县东北,向西流经金陵(今南京市),入长江。河道相传为秦始皇开凿,以疏淮水,故名秦淮。诗中的首句是互文见义的句法,即"烟"、"月"都笼罩着"水"和"沙"。夜泊秦淮:夜晚停舟于秦淮河的岸边。商女:指卖唱的歌伎。江:这里指秦淮河。《后庭

花》：即《玉树后庭花》，传说为南朝陈后主陈叔宝所作，词曲内容淫靡腐朽，哀婉凄伤，被称为亡国之音。幽怨：深切的怨恨。这首诗的大意是：在一个月色迷蒙的夜晚，诗人乘坐的船停靠在秦淮河畔。河岸上的酒楼里，不时传出靡靡之音，秦淮河上那些卖唱的歌女们，不懂得亡国是多么痛苦难堪，还在船中唱和《后庭花》那样轻荡的曲词。诗人明写商女，实则是揶揄唐玄宗沉湎于酒色声乐之中，过着醉生梦死的生活。后两句有时被引用来讽刺那些沉溺于声色犬马之徒。

1. 你能背诵《泊秦淮》这首诗吗？
2. 你能理解诗的后两句的意思吗？

塞 上

使至塞上
单车欲问边,
属国过居延。
征蓬出汉塞,
归雁入胡天。
大漠孤烟直,
长河落日圆。
萧关逢候骑,
都护在燕然。

背后的故事

这是唐代诗人王维写的一首诗。这首诗写得意气飞扬,给人以边塞风光的实感。

开元二十五年(737),王维奉命赴西河节度使府慰问将士,该诗即诗人赴西河途中所作。这是一首纪行诗,诗人身负朝廷使命前往边塞。诗即记述这次出使途中所见所感。

单车:一辆车,指独身前往,轻车简从。问边:慰问边地。属国:掌管属国的官吏,这里代指使臣。居延:汉末设县,在今甘肃张掖县西北。征蓬:被风吹起到处漂泊的蓬草。大漠:广阔无际的沙漠。孤烟直:用狼粪烧的燧烟,其浓烟聚集直上,微风吹之不斜。萧关:宁夏回族自治区固原县东南。候骑:侦察骑兵。都护:都护府的长官,边境最

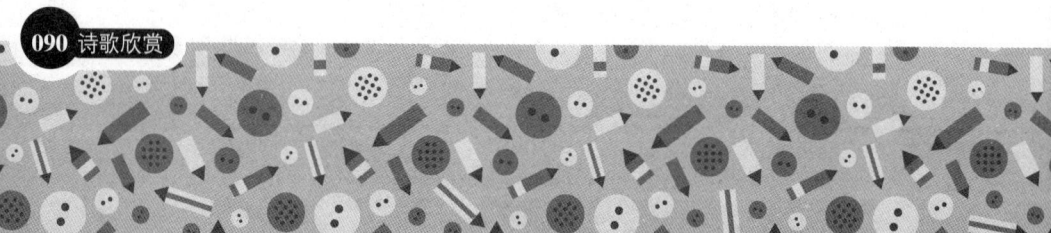

高统帅,这里指河西节度副使崔希逸。燕然:这里以"燕然"作为最前线的代称,指都护已亲临最前线,暗示军事已取得决定性的胜利。

这首诗的大意是:(我)轻车简从要视察边疆,要去的地方远过居延。(我)像蓬草飘出了汉塞,像归雁飞入了北方的天空。大沙漠中孤烟直上,黄河边上落日正圆。走到萧关恰好遇见骑马的侦察兵,前敌统帅正在燕然前线。

诗人把笔墨重点用在了他最擅长的方面——写景。作者出使,恰在春天。途中见数行归雁北翔,诗人即景设喻,用归雁自比,既叙事,又写景,一笔两到,贴切自然。诗中着重描绘西北边塞苍茫而壮伟的奇景,从而赞美唐代疆域的辽阔和军威的强盛。

"大漠孤烟直,长河落日圆"写塞外景物如画,历来为人们所传诵。"直"、"圆"二字可谓炼字的典范,茫茫大漠,空旷阒寂,愈是无物可看,才愈能感到无风时孤烟之直,长河映衬下落日之圆。

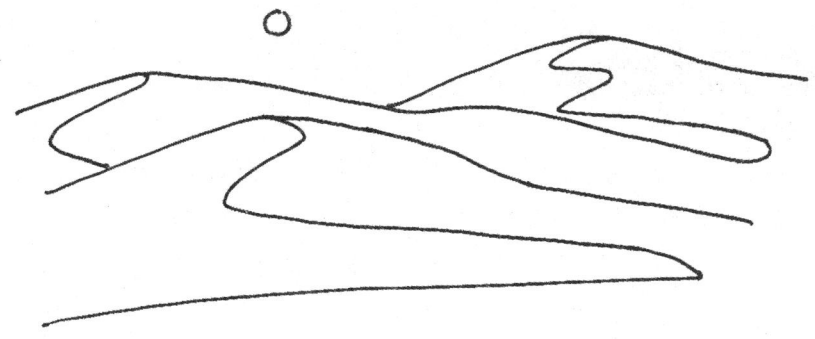

1.你能背诵《使至塞上》一诗吗?
2.你知道《使至塞上》好在哪里吗?

空山新雨

山居秋暝
空山新雨后，
天气晚来秋。
明月松间照，
清泉石上流。
竹喧归浣女，
莲动下渔舟。
随意春芳歇，
王孙自可留。

　　这是唐代诗人王维写的一首田园风景诗，是描绘山庄秋天傍晚景色的诗。诗题中的"暝"指黄昏。诗中的"浣"意思是洗。"竹喧归浣女"这句说，浣衣女子结伴而归，竹林中传出她们欢乐的笑语声。"莲动下渔舟"这句说，茂密的莲叶摇动，知道是渔夫划着渔船下湖去捕鱼。"随意春芳歇，王孙自可留"这两句说，春天的花草虽然已消歇了，但秋光不比春光少，王孙自可留在山中。表示对"山居"秋景的赞美。诗人写了大量的山水田园诗，以雄健或清远的笔调，出色地描绘了祖国河山的美，被苏轼称赞为"诗中有画"，成为盛唐山水田园诗派杰出的代表作家。他多才多艺，除作诗外，又精通绘画、音乐、书法。能以绘画、音乐之理通于诗，达到了诗情画意完美结合的

高度艺术境界。

  这首诗的大意是:初秋,空濛的山上下了一场新雨后,夜幕降临了。明月照在松树林上,月光从松树中泻下来,清泉在石上流淌。竹林喧动,有浣衣女回家了。莲花动荡,是渔舟下河了。任凭百花凋谢,不再开花了,我也要安心地留在这里隐居山林。幽清明净的自然,安静淳朴的生活,无忧无虑的人们,构成纯洁美好的生活图景,反映了诗人对高洁心志和理想境界的追求。这首诗描绘了初秋傍晚雨后的山居美景。其诗如画。"明月松间照,清泉石上流"一句成为写景的千古名句。而最后一句"随意春芳歇,王孙自可留",道出了诗人的心声:安心隐居吧,一切都顺其自然!

考考你

1. 你能背诵《山居秋暝》一诗吗?
2. 你能体会"明月松间照,清泉石上流"一句的意境吗?

曲径通幽

题破山寺后禅院
清晨入古寺，
初日照高林。
竹径通幽处，
禅房花木深。
山光悦鸟性，
潭影空人心。
万籁此俱寂，
但余钟磬音。

背后的故事

这是唐代诗人常建写的一首诗。他的诗，写出了一些幽僻的意境，写得有兴味，有独特的风格。诗题中的"破山寺"又名兴福寺，破山即虞山，在今江苏常熟县虞山北麓。这首诗写破山寺后的禅院，那是一个深幽的所在。作者写出了一个清净而又有生趣的境界。

初日：早晨的太阳。曲径：弯曲的小路。禅房：僧侣的住所，往往在大寺院的深处。万籁：指各种声响。钟磬音：寺院诵经、斋供时敲钟或击磬的声音。

这首诗的大意是：清晨我进入破山寺，看见初升的太阳照在高高的树林上。竹林丛中弯弯曲曲的小路直通幽静的地方，步到深处，只见禅房隐藏在茂密的花树丛中。山林光影使鸟儿们怡然自得，碧潭

倒影洗净人心的尘俗。此时此刻后禅院中所有的声响都消失了,只听见佛殿传出了僧人们诵经时留下的钟磬的声音。

这首诗写清晨禅院的景色,用"幽处"、"花木"、"山光"、"潭影"、"万籁"、"钟磬"等景物的烘托,创造了一种幽寂的意境,为后世留下了"竹径通幽处,禅房花木深","山光悦鸟性,潭影空人心"等千古名句,是不可多得的写景诗。人们常引用"竹径通幽处"来形容环境的幽静,有时也用来比喻经过反反复复的琢磨就会有所发现。

1. 你能背诵《题破山寺后禅院》一诗吗?
2. 你能体会"竹径通幽处,禅房花木深"一句的意境吗?

夜 泊

枫桥夜泊

月落乌啼霜满天，

江枫渔火对愁眠。

姑苏城外寒山寺，

夜半钟声到客船。

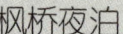

这是唐代诗人张继写的一首诗，是写景抒情的名篇。诗人以白描手法，描绘姑苏城外秋夜荒凉的景色，抒发羁旅异地的愁思。诗题中的"枫桥"在苏州市阊门外。

泊：停船靠岸。霜满天：秋天深夜，空中弥漫霜露寒气。江枫：水边的枫树。渔火：渔船上的灯火。对愁眠：指旅人怀着满腔愁思，对着江枫渔火而眠。姑苏城：苏州西南有姑苏山，故苏州城又称姑苏城。寒山寺：在枫桥附近的古寺，相传唐朝和尚寒山曾住于此。夜半钟声：当时寺院有夜半鸣钟的习惯。

全诗的大意是：月亮落下去了，乌鸦啼叫着，天空中充满了秋霜。江边的枫树瑟缩着，渔船上的灯火昏暗，我带着旅途的疲劳和愁思睡着了。半夜里,苏州城外寒山寺的钟声,忽然传到客船上,把我惊醒了。

　　这首诗通过客船夜泊,描绘了枫桥一带深秋的夜景,抒发了诗人的羁旅愁思。全诗由残月、啼鸦、霜天、江枫、渔火、佛寺、客船等景物描写,和谐而有层次地构成了一幅秋江夜泊图,是一首写江行停船夜宿的名作。"夜半钟声"可说是全诗的诗眼,创造出情景交融的典型的意境。这首诗的意境深沉、清寥、优美,色彩鲜明生动,而诗的音响又扣击着人们的心弦,情景交融,把枫桥之夜写得有声有色,给读者以强烈的感受。

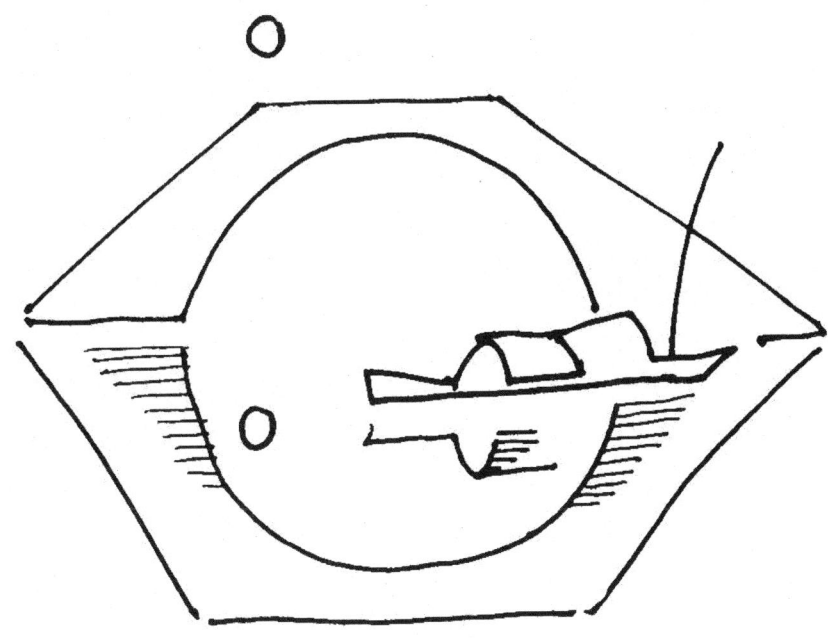

1.你能背诵《枫桥夜泊》一诗吗?
2.你知道《枫桥夜泊》好在哪里吗?

春　潮

滁州西涧

独怜幽草涧边生，

上有黄鹂深树鸣。

春潮带雨晚来急，

野渡无人舟自横。

这是唐代诗人韦应物写的一首歌咏滁州西涧春雨晚潮时的景物诗。作者是中唐初期的诗人，作品主要描写自然景物和隐逸生活。作者出任滁州刺史，在位两年，他对城西门外西涧一带的幽美景色异常喜爱，常去欣赏、吟咏，还在涧边种了柳树。

这首小诗描绘西涧景色，表现了作者向往自然、恬淡自适的生活情趣。诗题中的"滁州"即今安徽省滁州市。西涧：上马河，在滁州城西。诗中的"怜"是喜爱的意思。黄鹂：黄莺的别名。深树：枝叶繁茂的树。野渡：无人管理的渡口。

这首诗的大意为：我特别喜爱这涧边生长的青绿的小草，上边还有黄鹂在树叶茂密的林中啼叫。春天的潮气裹挟着春雨，到天晚时

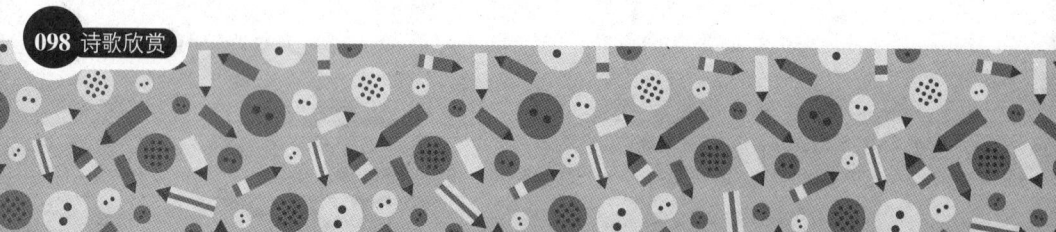

下得很急。这荒野渡口没有人来往，只有一只小舟被河水冲得荡来荡去。

　　这首诗前两句写近观所得，为后两句写春潮、春雨作铺垫。全诗把难写之景物动静相生地呈现在人们面前，宛如一幅绘声绘色的风景图，"春潮带雨晚来急，野渡无人舟自横"也成为千古流传的名句。"横"字极具表现力。春潮怒涨，暮雨急骤，行人断踪，野渡舟横。动静结合，写出野渡的清幽。诗歌描写景物，有的意在抒情，有的却意在向读者展示一幅画面，即所谓的"诗中有画"。

　　韦应物的这首诗把一幅涧生幽草、鸟鸣深树、晚潮带雨、舟横野渡的生动形象的画面呈现在读者眼前，读来使人如身临其境。

1. 你能背诵《滁州西涧》一诗吗？
2. 你知道《滁州西涧》好在哪里吗？

人面桃花

题都城南庄

去年今日此门中，

人面桃花相映红。

人面不知何处去，

桃花依旧笑春风。

  这是唐代诗人崔护写的一首诗。这首诗就是世传"人面桃花"故事之所本。作品写诗人重访一位美丽多情的少女而未遇的失望惆怅的心情。一年清明节，诗人去都城郊外南庄踏青。因为口渴，就向一位农家姑娘讨水喝。姑娘给他一杯水，并倚在桃树旁凝视着他。这情景使诗人难以忘怀。第二年，诗人又来到这里，虽然景物依旧，但姑娘却不知哪儿去了，于是在紧闭的门上写下了这首诗，以表示对这位姑娘的思念。这首诗就是写这件事。诗题中的"都城"指唐王朝京都长安（今陕西省西安市）。诗中的"笑春风"意思是迎着春风盛开。笑，形容桃花开得欢的样子。这首诗的大意是：去年的此时此地，就在这个门里面，有一个少女的脸儿与桃花互相映衬，都很红艳。但现在，那张人面不知哪儿去了，只剩下门前一树桃花依然在春风中盛开。这首诗的前两句是追叙过去，其中"人面桃花相映红"一句，将少女的美丽写绝了。末句"桃花依旧笑春风"，既唤起了诗人的美好回忆，又写出了诗人惆怅不已的心情。旧地重游，物是人非，感慨颇多。这首诗平实地展示两个情节——"寻春遇女"和"重寻不遇"，留下许多憧憬。诗中运用有异有同的对比和映衬的手法，把诗人的今昔之感表现得很突出。现在用这首诗的后两句来表现时过境迁、物是人非的惋惜之情和深切的感触。

1. 你能背诵《题都城南庄》一诗吗？
2. 你能解释"人面桃花相映红"一句的意思吗？

淘金女

浪淘沙九首（其六）

日照澄洲江雾开，

淘金女伴满江隈。

美人首饰侯王印，

尽是沙中浪底来。

这是唐代著名诗人刘禹锡所作《浪淘沙》九首中的第六首。他和韩愈、柳宗元、白居易的关系都很好，但诗歌创作上并不附和他们，而是独树一帜，自成风格。他的诗格调高亢，意象简括，气骨桀骜，语言明快。他的怀古诗语言浅近而含意深远。他在学习民歌的基础上创作了《竹枝词》、《杨柳枝词》一类新体裁，语言生动，风格清新，有浓厚的生活气息。还有不少诗政治色彩很浓，特别是政治讽刺诗，更是锋芒毕露。他也写过一些抒发闲情逸致，解说佛经之类的诗。诗题中的"浪淘沙"是唐代教坊曲之一，有别于后来的词牌。现在所能见到的词曲就以刘禹锡所作为最早。这九首诗的内容都和大浪淘沙的意思相关。诗中的"澄洲"就是清澈的洲渚。江隈：江水弯曲的地

方。这首诗的大意是:早晨的太阳照在清澈的水中小洲上,江上的大雾渐渐散开来,我看见淘金的女子挤满了江湾。贵族女子的首饰和王侯人家的印玺,可都是从沙中、浪底淘出来的呀!这首诗写诗人看到淘金女工的劳作场面后的感慨,流露出诗人对贫富悬殊的不合理现象的愤懑,以及对淘金女工的深切同情。此外,"浪淘沙"本是唐代歌舞中的曲子名称,但在这里同诗中浪底淘金的情景却十分协调。

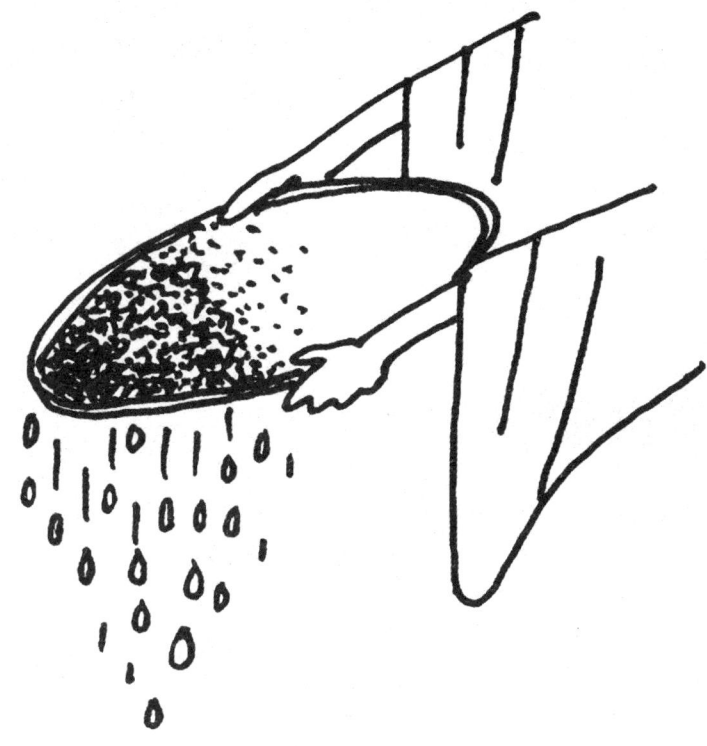

1. 你能背诵刘禹锡的这一首《浪淘沙》吗?
2. 你能理解诗人在这首《浪淘沙》中流露出的感情吗?

乌衣巷

乌衣巷

朱雀桥边野草花,

乌衣巷口夕阳斜。

旧时王谢堂前燕,

飞入寻常百姓家。

这是唐代诗人刘禹锡所作《金陵五题》中的第二首诗。作者借朱雀桥、乌衣巷的巨大变化,深刻反映了曾经垄断过东晋朝政的王谢等世家豪族由盛而衰的史实,借古讽今,对当时腐朽保守的权贵利益集团进行辛辣的嘲讽。金陵的乌衣巷是东晋豪门世族居住的地方,他们在这里过着豪华的生活。但是,由于时代的变迁,王侯宅第成了普通人家的住处。诗人以燕子的主人的变换描写了这种变化。

诗题"乌衣巷":在今南京市东南部秦淮河南岸,三国时,吴国曾在这里驻军设防,兵士都穿乌衣,因而得名。东晋时这里成了宰相王导、谢安等官僚富豪的住宅。诗中的"朱雀桥"是秦淮河上的桥名,离乌衣巷很近,面对金陵朱雀门,建于东晋咸康二年(336)。

这首诗的大意是：朱雀桥边，野花盛开。乌衣巷口，夕阳斜照。以前只在王导和谢安这些大官宅院里飞来飞去的燕子，如今已飞进普通老百姓的家里了。

这首诗通过写曾在晋朝做过宰相的王导、谢安大族宅院的衰败，揭示封建贵族不可避免的没落命运，并透露出对李唐王朝日趋衰微的慨叹。

"旧时王谢堂前燕，飞入寻常百姓家"一句，成为千古流传的名句，并在当代成为高档消费品进入老百姓生活的代名词而被常常引用，而且还用以说明，官僚富豪腐朽没落，富贵不可长久是必然趋势。

1. 你能背诵刘禹锡的《乌衣巷》一诗吗？
2. 你能体会"旧时王谢堂前燕，飞入寻常百姓家"中的意境吗？

菊

菊

暗暗淡淡紫，
融融冶冶黄。
陶令篱边色，
罗含宅里香。
几时禁重露？
实是怯残阳。
愿泛金鹦鹉，
升君白玉堂。

背后的故事

　　这是唐代诗人李商隐写的一首诗。作者写这首诗时正是被罢官闲居后。诗人托物言志，虽是咏菊，也是句句自况，写得清绮秀逸，意思醒豁。诗中的"融融冶冶"形容色彩浑融一片。陶令：陶渊明曾做过彭泽县令，古称陶令。篱边色：指菊。陶渊明归隐后写《饮酒》诗，有"采菊东篱下，悠然见南山"的句子。宅里香：指菊花。重露：太多的露水。残阳：指晚景。这里以菊的晚景比人。泛：指泛觞，就是饮酒。金鹦鹉：指酒杯。白玉堂：贵人所居。这里代指朝廷。这结尾一句，暗含自己希望被朝廷赏识的意思。这首诗的大意是：一片暗暗淡淡的紫色，一片浑融一体的黄色。这是陶渊明喜爱的菊啊，这是罗含宅中那种花香啊。菊花几时禁得住太多露水的摧残？它实在是怕时光的

流逝呀！我希望能将菊花高高地放在白玉堂上，以便于我一面饮酒一面观赏。这是一首托物言志的诗。这首诗中用陶渊明、罗含的典故，来烘托菊花的品格。晋代大文学家陶渊明写过《采菊东篱下》一诗颂菊明志，而罗含是个什么人呢？原来呀，罗含是晋代一个品行超群的君子。传说他辞官归乡后，花草有感，住宅外的阶庭忽然兰花和菊花丛生。须知，兰花和菊花都是君子品格的象征呀！

1. 你能背诵《菊》一诗吗？
2. 你知道"陶令篱边色，罗含宅里香"一句的含意吗？

夜 雨

夜雨寄北

君问归期未有期，

巴山夜雨涨秋池。

何当共剪西窗烛，

却话巴山夜雨时。

　　这是唐代晚期诗人李商隐的作品。他的抒情诗，意深情真，富于浪漫主义色彩。他的不少七绝，构思精妙，意境含蓄，语言清丽，韵味隽永。这一首是他旅居巴蜀时寄给妻子王氏，以抒发其思念之情的作品。诗里"巴山夜雨"两次出现：前一次是诗人眼前所处的孤寂的现实环境；后一次是诗人想象与妻子会面时，促膝夜谈的话题，也是诗人日夜所盼望的。这样对照着写，更加委婉感人。诗题中的"寄北"意思是寄给住在北方的妻子。诗里的"君"指作者的妻子。巴山：这里泛指作者旅居的巴蜀山地。夜雨涨秋池：秋天的夜雨下得池塘里的水也上涨了。何当：哪一天。却话：重谈。这首诗的大意是：你问我几时回家，我回家的日期还没有定下来，今天夜里巴山下着大雨，

洪水涨满了秋池。等我哪一天回到家,我们能一起坐在家里的西窗下,剪去烛花,共话别情,我一定要把此刻巴山夜雨时思念你的情景讲给你听呢。这首诗在艺术构思上,超越了时间和空间的概念,把巴山和长安,今日和来日交织起来,从空间和时间的变化上写出了人的悲欢离合,相思情深,显得别开生面。诗人雨夜阅看妻子来信,独听巴山夜雨,郁闷孤寂的心境可想而知,而渴望见面,畅叙离情的思念之情更是苦人。诗人由眼前的愁苦联想到团聚的欢乐。对比写来,眼前苦更苦,未来欢更欢。

考考你

1. 你能背诵《夜雨寄北》这首诗吗?
2. 你能说出这首诗的大意吗?

伤农

伤田家
二月卖新丝，
五月粜新谷。
医得眼前疮，
剜却心头肉。
我愿君王心，
化作光明烛。
不照绮罗筵，
只照逃亡屋。

背后的故事

这是唐代诗人聂夷中写的一首诗。作者出身贫寒，曾任华阴县尉。由于他比较接近人民，所以诗中多反映人民生活疾苦及讽喻时世，语言通俗朴素。诗题一作《咏田家》。这首诗极其深刻地反映了农民的痛苦生活，揭露了统治者的残酷剥削。诗歌采用形象的比喻和鲜明的对比手法，把农民卖丝粜谷比喻为挖心头肉及医疮，把"绮罗筵"与"逃亡屋"相对照，寓意深刻。诗题中的"田家"指农家。诗中的"二月卖新丝"，意思是二月蚕刚刚孵出来，就已把蚕茧抵押出去。五月粜新谷：指五月份水稻还没成熟，就已经把谷子先预卖了。粜，出卖粮食。眼前疮：比喻眼前的窘境。剜却：挖掉。绮罗筵：穿绫罗绸缎的人吃的丰盛宴席。逃亡屋：因饥寒交迫而逃亡在外的农家空屋。这首诗的大意是:二月里就卖了新的蚕丝,五月里已卖了新的稻谷。虽然医治了眼前的疮,却像剜掉了心头的肉一样痛呀!我希望君王的心啊,能变成那给人以光明的蜡烛,不要照那些富贵人家,而是照向那些贫苦农民。这首诗写出了古代农民的痛苦。二月里,养的蚕还没结茧,就已预先拿去抵债卖给人家了。五月里,新谷还没收获回来,也是已抵押出去了。以后一家老小怎么活下去呢?无比的惨痛使人也有了"剜却心头肉"的感觉。

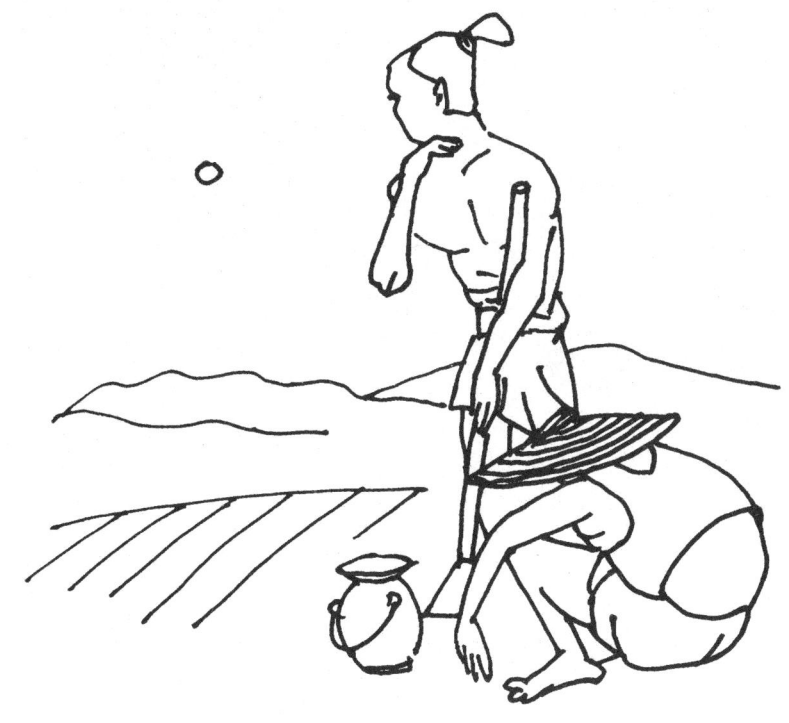

考考你

1. 你能背诵《伤田家》一诗吗?
2. 你能感觉到"医得眼前疮,剜却心头肉"一句中的苦涩味吗?

渔 者

江上渔者

江上往来人，
但爱鲈鱼美。
君看一叶舟，
出没风波里。

背后的故事

这是宋代大文学家范仲淹写的一首诗。他的诗和词都很豪放，以反映边地风光和征战劳苦见长。他的诗感情深厚，语言浅近自然，可惜流传下来的不多。这是一首古绝，不受平仄格律的限制。风格质朴，且饶有民歌谣谚的韵味。这首诗的本意是写古代渔民生活的艰苦。有钱的人，只知道称赞鲈鱼味道的鲜美，却想不到这是打鱼人千辛万苦得来的。

诗题中的"渔者"指打鱼的人。但爱：只是喜欢。鲈鱼：一种身材扁狭、头大嘴大鳞细、味道鲜美的鱼。君：你。一叶：形容小船在大江里，像落叶浮在水面上随风漂流。这两句是说，你看那像一片树叶似的小渔船，在风浪中一会儿颠上来，一会儿颠下去。渔民迎风斗浪，出生入死,历尽艰辛。

这首诗的大意是:江边上来来往往的人们,只知道喜爱鲈鱼的美味。请你看一看那一叶小舟吧,它正在风波里出没啊!

小朋友,诗人为什么要大家看一看在风波里出没的小舟呢?原来,小舟是一条打鱼船。渔翁在打鱼船上迎着风浪打鱼,随时有可能翻船落水,多危险呀!诗人提醒人们在品赏鲈鱼的美味时,不要忘记渔翁和风浪搏斗的甘苦。简朴的诗句中,富有多么意味深长的含意啊!这首小诗用朴素的语言,反映了渔民的艰苦生活,唤起人们对民生疾苦的关注,对比鲜明,含蓄有力。

1. 你能背诵《江上渔者》一诗吗?
2. 你知道《江上渔者》的本意吗?

秋 思

渔家傲
塞下秋来风景异,
衡阳雁去无留意。
四面边声连角起。
千嶂里,长烟落日孤城闭。
浊酒一杯家万里,
燕然未勒归无计。
羌管悠悠霜满地。
人不寐,将军白发征夫泪。

背后的故事

　　这是宋代政治家、文学家范仲淹写的一首词。他的词,风格豪放,意境开阔。这首词既写出了当时边防前线艰苦的战斗生活,又表达出作者坚持抗击侵略者的壮烈和复杂的情绪。

　　渔家傲:词牌名。塞下:指边境要塞。风景异:风景特殊。衡阳雁去无留意:衡阳(今湖南省衡阳市)城南回雁峰,相传大雁飞到这里不再向南飞。边声:边地特有的凄凉悲壮的声音,如马嘶、人喊、笛鸣、风沙声之类。角:号角。嶂:指像屏障一般的山峰。浊酒:粗制的酒。这句说,饮浊酒一杯,引起离家万里的思乡之情。燕然未勒:是说没有建立破敌的功勋。汉时,窦宪追北单于,登上燕然山(今蒙古境内的杭爱山)在石上刻记功勋而还。勒:在碑上刻字。羌管:即笛子。

出自羌地,故名。汉代由西羌传入内地的管乐器。这句说,笛声悠扬,霜露满地。不寐:睡不着觉。

这首词的大意是:边境上秋季到来景象好荒凉,大雁也不愿停留,一直飞向衡阳。军乐吹起来,各种边声一齐回响,崇山峻岭之中孤城紧闭,暮霭苍茫。端起一杯浊酒,想起万里之外的家乡,抗敌还没有胜利怎么能回家?悲愁的笛声在飘荡,地上铺满了寒霜。难以入睡,将军满头白发,士兵泪流千行。我们从词中可以感受到作者决心守边御敌的英雄气概和爱国心志。

1. 你能背诵《渔家傲》这首词吗?
2. 你知道这首词好在哪里吗?

泊 船

泊船瓜洲

京口瓜洲一水间,

钟山只隔数重山。

春风又绿江南岸,

明月何时照我还。

这是北宋著名政治家、文学家王安石的一首诗作。他曾做过两任宰相,积极进行政治经济改革。但由于利益集团、保守势力的阻挠和反对,最终失败,被罢相,晚年退居钟山,悲愤死去。他在文学上,不论诗、词、散文都有很高的造诣。他擅长写绝句,内容充实,语言精练,风格雄健,有时能写出新的意境,晚年作品,艺术造诣极高。

这首诗是写诗人返回金陵途中想家的心情。诗题中的"泊"指把船停靠在岸边的意思。瓜洲:在今江苏省扬州市南部长江边,京杭运河分支入长江处。京口:今江苏省镇江市。与江北的瓜洲仅一水之隔。间:间隔。钟山:紫金山,在今江苏省南京市。王安石17岁时随其父母定居于南京。这句说,从瓜洲到钟山,中间只隔几重青山(路程不远了)。绿:吹绿了。形容词用作动词。一个"绿"字,生动地描绘了春风的作用。还:还家,指回到钟山家里。船停在瓜洲,心却早已飞到钟山脚下了。第三句中的"绿"字,据说作者一再推敲,曾用过"到"、"入"、"过"、"满"等十余字,最后才选定这个"绿"字。

全诗的大意是:京口和瓜洲只不过一水之遥,遥望南京的钟山只隔着数重山岭,春风又吹绿了大江南北,明月何时才能照耀着我回还呢?

1.你能背诵《泊船瓜洲》这首诗吗?
2."春风又绿江南岸"里的"绿"字用得好吗?为什么?

庐 山

题西林壁

横看成岭侧成峰，

远近高低各不同。

不识庐山真面目，

只缘身在此山中。

背后的故事

这是宋代大文学家苏轼题写在我国著名风景区庐山西林寺壁上的一首诗作。他的诗想象力丰富，豪放而又自然，变化无穷，不受格律的束缚，有着比较鲜明的浪漫主义色彩。庐山云烟缭绕，千姿百态，身处山中也难以看清楚它的真实面貌。作者把这一特色写成绝句，不仅概括得十分贴切，而且深含哲理。

诗中的"侧"是"侧看"的省略。岭：山岭。峰：高而尖的山头。远近高低：远近，指不同的距离。高低，指不同的高度。真面目：事物的真相。这里指庐山的全貌。缘：为了、因为。此山：指的是庐山。

这首诗的大意是：横看庐山，它是山岭；侧看庐山，它是又高又尖的山头。从不同的角度，看到的庐山远近高低不同。为什么我们看不出庐山的全貌呢？只因为我们身在山里面。

　　这是一首借景明理的诗。它通过诗人游庐山时的切身感受，说明一个哲理：因观察事物的角度不同，所以各人见到的面也不同。要看清事物的全貌，必须跳出去，从旁边、从远处观察。它包括了全体与部分、宏观与微观、分析与综合、现象与本质等耐人寻思的概念。这首诗寓哲理于形象之中，不似一般讲理的文章那么枯燥乏味。人们常引用诗的后两句来说明：对任何事物都要客观、全面、深入地去探求，绝不要被其表面现象所迷惑。

1. 你能背诵《题西林壁》一诗吗？
2. 你知道《题西林壁》写哲理为何不枯燥乏味吗？

初 晴

饮湖上初晴后雨

水光潋滟晴方好，

山色空蒙雨亦奇。

欲把西湖比西子，

淡妆浓抹总相宜。

　　这是宋代著名诗人苏轼的作品，是赞美杭州西湖的一首很有名气的绝句。

　　诗题中的"湖"指的是现在浙江省杭州市的西湖。潋滟：波光闪动的样子。方好：才显得美。空蒙：形容雨中雾气迷茫的样子。亦奇：也奇妙。西子：西施，春秋时代越国著名的美女。古时对女子也称"子"。作者所作的这个比喻，恰到好处，被人们传诵。

　　这首诗的大意是说：西湖的湖面上，水波荡漾，雨后天晴，风光正好。山峰在细雨迷蒙中若隐若现，景色也很新奇诱人。我想把西湖比作古代的美女西施，因为它不管是浅淡的妆饰还是浓艳的涂抹，总是那么合适得体。

开篇两句，写西湖美景晴雨皆宜。初晴的天空，红日照耀着湖水，波光荡漾，非常可爱；阴雨的时刻，烟雾笼罩着远山，迷蒙一片，若有若无，更是奇怪。两句诗已把西湖山水之美描绘无余。这是实写。"好"字和"奇"字，流露出诗人的由衷赞美之情。

末两句以古时越地风姿绰约的西子与西湖作比。西子无论是浓施粉黛，还是淡雅装束，都不愧是天香国色；这正如婀娜多姿的西湖，无论是晴好日子，还是阴雨天气，都有着动人的风韵。这是虚写。

全诗有实有虚，用新颖而奇妙的比喻，给人们留下丰富联想的余地。因为这首诗，西湖又名西子湖。现在人们常借用"淡妆浓抹总相宜"来形容事物很美，无论你怎么看，它都那么诱人、醉人。

1. 你能背诵《饮湖上初晴后雨》这首诗吗？
2. 说一下"欲把西湖比西子，淡妆浓抹总相宜"这两句诗的意思。

春江晚景

惠崇春江晚景

竹外桃花三两枝，

春江水暖鸭先知。

蒌蒿满地芦芽短，

正是河豚欲上时。

这是苏轼写的一首题画诗。诗题中的"惠崇"是北宋初期著名的画家，擅长描绘水禽，很受王安石、苏轼等人的推重。他也是诗人，是个和尚，他画鸡、鸭等小动物最拿手。《春江晚景》就是惠崇创作的一幅画。《惠崇春江晚景》是苏轼题在这幅画上的诗。这首诗本身就富有画意，它用最有特征的事物，生动地描绘出江南仲春的景色。诗中的"蒌蒿"是春天的一种野菜，即白蒿。芦芽：芦苇的嫩芽，也叫芦笋，可以吃。河豚：鱼名，是一种味道极为鲜美但血、肝脏及卵巢又有剧毒的鱼，经处理后可食。上：春天水发，河豚向上游，浮到水面上来。作者在诗中，依据画面生动地描绘了江南春色，丛竹桃花，蒌蒿芦芽，一派早春欣欣向荣的景象。但诗人并不局限于画面的意境，而是写出视觉之外所感受到的春的气息,从鸭子在水上嬉戏感知春江水暖,又联想到暖流中"河豚欲上",把画写活了。这首诗的大意是说:竹外的桃花已有两三枝开放,春天来到,江水溶溶,鸭子最先感受到。芦笋萌发满地,芦芽刚刚露出头来,这正是河豚想漂到水面上来的时候。画有画境,诗有诗境。这首题画诗的主要成功之处,就在于它挖掘和创造了新的意境,给读者的感受要比原画更多一些。好画配上好诗,相得益彰,各尽其妙。诗的前两句,人们常用来说明,深入实际才能及时体察到事物的变化,发现新事物。

1. 你能背诵《惠崇春江晚景》这首诗吗?
2. "春江水暖鸭先知"这一句是啥意思?

早 行

早 行
失枕惊先起，
人家半梦中。
闻鸡凭早晏，
占斗辨西东。
辔湿知行露，
衣单觉晓风。
秋阳弄光影，
忽吐半林红。

这是北宋诗人黄庭坚写的一首诗。他是"苏门四学士"之一，他的诗与苏轼齐名。在诗歌创作上，他重视诗歌写作技巧，也写了一些反映现实生活的作品。他的词与秦观齐名，但风格不同。他是江西诗派的创始人，认为杜甫诗韩愈文"无一字无来处"。他擅长古诗、七律、七绝。这一首比较自然平易，写得极有工力，也极有情致。

诗中的"失枕"意思是离开枕头，即失睡。晏：迟。占斗辨西东：这句是说观察北斗星所指以辨别方向。辔：马缰绳，这里也包括鞍、鞯等物。行露：指路上露水很多。行：道路。这首诗是写早起行役的景况。前两联写早起。先是闻鸡而"惊"，于是"失枕"，在别人大半还睡梦正酣的时候自己"先起"。三、四两句写早行的准备。后两联

写早行。这诗充满早行气氛,生活气息较浓。审词造句极讲工力,极为洗练。例如"失"、"惊"、"先"、"半"、"凭"、"辨"、"弄"、"吐"等字都精当妥帖,不可移易。

　　这首五律的大意是:我因为失眠而早起行路,这时别人还在半夜梦中。我依靠鸡鸣辨识时间的早晚,观察北斗星的指向以辨明方向。马鬐湿了,我才知道路上的露水很多;衣服单薄了,才感到早晨的风冷。不久,秋日的太阳放出光来,就像忽然吐红了半边树林。这首诗生活气息浓郁,将早行的气氛描绘得惟妙惟肖,特别是"鬐湿知行露,衣单觉晓风"一句,意味深长,成为千古名句。

1. 你能背诵《早行》一诗吗?
2. 你知道《早行》一诗好在哪里吗?

人 杰

绝 句

生当作人杰，

死亦为鬼雄。

至今思项羽，

不肯过江东。

  这是南宋女诗人李清照写的一首诗。她在词的方面成就大，而诗也写得好，诗风平易，立意新奇，可惜流传很少。这首绝句颂扬项羽的悲壮死战，借以抨击南宋朝廷逃跑妥协政策。就历史题材，突出其中一点，发掘新意，是针对当时政局而发的，表现了作者的爱国情感。诗中的"人杰"意思是杰出人物。"生当作人杰"这句是说，生要生得有志气，做人中的豪杰。"死亦为鬼雄"这句是说，死要死得有气节，做鬼里的英雄。项羽：楚霸王。秦朝末年的农民起义军领袖，楚国贵族出身。他和刘邦争夺天下失败，不愿重新回到江东，在乌江（安徽省和县长江边）自杀。江东：江南。项羽早年是跟着他的叔父项梁在吴（现在江苏省苏州市）起义的，所以说江东。他带领八千子弟兵渡江而西,最后全军覆灭,他认为无颜去见江东父老,因而在乌江自刎。这首诗的大意是:活着时要当人中的豪杰,死了也要做群鬼的头领。我至今思念英雄项羽,他宁死也不肯过江东的壮烈情景使人难以忘怀。这首诗通过怀念和赞美楚王项羽,流露出对南宋朝廷避敌南渡,丢下河山百姓任敌人蹂躏,偏安一隅的愤慨。诗中概括项羽矢志不渝的精神的佳句"生当作人杰,死亦为鬼雄",已成为千古流传的名句,鼓励了千千万万的爱国志士不惜抛头颅、洒热血,为抗击敌人的侵略而战。

1. 你能背诵李清照的《绝句》一诗吗?
2. 你知道"生当作人杰,死亦为鬼雄"一句的含意吗?

水 村

夜泊水村

腰间羽箭久凋零,
太息燕然未勒铭。
老子犹堪绝大漠,
诸君何至泣新亭?
一身报国有万死,
双鬓向人无再青。
记取江湖泊船处,
卧闻新雁落寒汀。

这是南宋著名爱国诗人陆游写的一首诗。这首诗抒写了至老不忘抗敌报国的壮志和宏愿难遂的愁苦,并尖锐地批评了那些缺乏斗志和信心的士大夫。

诗中的"太息"意思是叹息。燕然:即今蒙古境内的杭爱山。勒铭:指刻铭文以记功。勒:刻。铭:古代文体的一种,刻在器皿或石上。老子:老夫,作者自称。绝:横越。新亭:在今南京市南。泣新亭:出自《世说新语·言语》:"过江诸人,每至美日,辄相邀新亭,藉卉饮宴。周侯中坐而叹:'风景不殊,正有山河之异!'皆相视流泪。唯王丞相愀然变色曰:'当共同戮力王室,克复神州,何至作楚囚相对?'"此处用以批评和规劝那些对抗金复国持悲观态度的士大夫。无再青:

这里指鬓发白了不能再恢复黑色,借喻人老了不能再返回少壮。新雁:新近从北方飞来的大雁。汀:水岸平地。北雁新来,中原未复,故而叹息。

诗中前六句是直抒感怀,后两句以"江湖泊船"和"卧闻新雁"等字样,回扣诗题。

这首诗的大意是:我腰间的羽箭已凋零很久了,让我叹息没能够在燕然山上刻铭文以记功。我尚且还能承受横越大沙漠的征战,你们这些人又何必就在南国的新亭哭泣呢?一个人以身报国不惜死上一万次,只可惜我鬓发已白了不能再转青,只有记取江湖停船的地方,躺下来听新近从北方飞来的大雁落在冰冷水岸的声音。

这首诗规劝那些懦弱的士大夫不要只知道叹息,而应付诸行动。诗句"一身报国有万死,双鬓向人无再青"表达了陆游为国雪耻,万死不辞的英雄气概。现在引用来说明报效祖国的决心和挚爱祖国人民的情愫。令人振聋发聩,全诗充满了爱国的情怀。

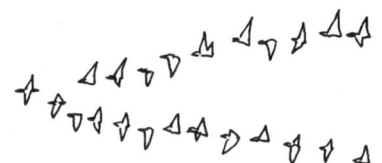

1. 你能背诵《夜泊水村》一诗吗？
2. 你知道"老子犹堪绝大漠，诸君何至泣新亭"一句的含意吗？

映日荷花

晓出净慈寺送林子方

毕竟西湖六月中，

风光不与四时同。

接天莲叶无穷碧，

映日荷花别样红。

背后的故事

这是南宋杰出诗人杨万里的一首诗。他一共写过二万多首诗，是我国历史上写诗最多的作家之一，现在只有一部分流传下来。

他的诗大量地吸收民间语言，非常浅近通俗。描写天然景物的作品，更富有清新活泼的风趣。他写了不少反映人民生活和抒发爱国情感的诗篇。他善于描写自然景物，其特点是，用清新灵活的笔调，将日常生活里看到的平凡事物，融合在自己的感情里，写成小诗，因此诗里充满了浓郁的生活气息。例如小朋友喜欢读的《小池》、《宿新市徐公店》等。

这首诗写西湖夏天的风物，突出写了千顷碧波，十里荷花的胜景。诗题中的"晓出"意思是早晨出去。净慈寺：杭州著名佛寺，在西湖南岸,现在还存在。林子方:作者的朋友,曾任直阁秘书等官。诗中的"毕竟"是到底、究竟的意思。四时:指春、夏、秋、冬四季。"接天莲叶无穷碧"这一句说,湖中绿色的荷叶一望无际,仿佛一直连到天边。"映日荷花别样红"这一句说,阳光照映着荷花,显得特别红润娇艳,别具风韵。

这首诗的大意是说:六月里西湖的风光景色,与其他季节都不一样。满湖的莲叶好像与蓝天连在一起,看上去是无边无际的青翠碧绿;出水的荷花与日光互相映照,显得特别娇艳鲜红。后边这两句诗,着力渲染了六月西湖的风光景色,令人迷恋陶醉,别有一番风味在心头。

1. 你能背诵《晓出净慈寺送林子方》这首诗吗?
2. 说说这首诗的大意。

小 池

小 池

泉眼无声惜细流，

树阴照水爱晴柔。

小荷才露尖尖角，

早有蜻蜓立上头。

背后的故事

　　这是南宋著名诗人杨万里的一首诗作。他是进士出身，做过太常博士、秘书监等。主张抗金，关心人民疾苦。晚年家居，因忧愤国事病死。在当时他的名气很大，和陆游、范成大、尤袤都是好朋友，他们四人被称作"南宋四大家"。

　　杨万里诗歌主要描写自然景色。在创作方法上，他初学黄庭坚和江西派的诗，后来摔掉了江西诗派的形式主义枷锁，自成一派，建立了一种比较新鲜活泼的诗体"杨诚斋体"（杨万里自号诚斋），在改变当时的诗风上有所贡献。在诗歌语言上，他以当时的书写语言为基础，有节制地吸取了口语、俚语和歌谣中的语言，锤炼出一种新鲜活泼、雅俗共赏的语言，成为"杨诚斋体"的显著特点。

这首诗中的"泉眼"意思是清泉的出水口。细流:细小的流水。"泉眼无声惜细流"这一句说,泉水无声地细细流着,好像泉眼在爱惜它们,不愿多流一点儿似的。晴柔:晴天的柔和风光。尖尖角:指露出水面的还没有开放的嫩荷叶的尖端。

这首诗的大意是说:泉眼无声地淌着涓涓细流,好像很有些怜惜;树荫照在水面上,晴天柔丽的风,真是惹人喜爱。荷叶的尖角则露出水面,早有蜻蜓栖在上头。

"小荷才露尖尖角,早有蜻蜓立上头"这两句诗,人们现在用来形容热爱新生事物。当其刚刚萌发时,就能够敏锐地觉察到,并大力扶植它茁壮成长。

1. 你能背诵《小池》这首诗吗?
2. 说一说:这首诗好在哪里?

春　日

春　日

一夕轻雷落万丝，

霁光浮瓦碧参差。

有情芍药含春泪，

无力蔷薇卧晓枝。

这是北宋著名的词人与诗人秦观的一首诗。秦观，字少游，年轻时就有名气，文辞为苏轼所赏识，他与黄庭坚、张耒、晁补之合称"苏门四学士"。王安石也很赏识他。他的词，在当时地位很高，是北宋一大家，受柳永及民间乐曲影响较大，风格清丽婉约。诗歌尚能反映人民疾苦，诗与词风相近，也写得精致细密，秀丽有余，但气魄较弱。

这首诗写的是夜雨初晴的春天庭院。作者特意刻画了芍药和蔷薇，衬托出这个庭院的宁静华丽。

诗中的"轻雷"指轻微的雷声。万丝：指的是细雨。霁光：雨后初晴时的阳光。浮瓦：指日光反射在瓦上。碧：碧绿。参差：指颜色和光的深浅明暗不整齐，形容屋瓦一层一层的，互相交错。这句说：晴朗的朝阳照在琉璃瓦上,浮动着一层层的绿光。春泪:带着隔夜的春雨,指没有干的雨珠。卧晓枝:横躺着早晨的花枝。卧:靠着,与"挺立"相反,表现出蔷薇的娇柔无力。这首诗是写春雨过后,凌晨放晴的美丽景色。

诗的大意是说:一夜"轻雷"和"万丝"细雨之后,清晨放晴,碧绿的琉璃瓦上放射着朝阳的光辉,芍药花带着雨珠,蔷薇娇柔地开出美丽的花朵。作者以"有情""含春泪"和"无力""卧晓枝"的拟人化手法,写春雨后春花的姿态,别有一番情趣。

1. 你能背诵《春日》这首诗吗?
2. 请你也观察一下雨后花朵的变化情况。

春 色

游园不值

应怜屐齿印苍苔，
小扣柴扉久不开。
春色满园关不住，
一枝红杏出墙来。

背后的故事

这是北宋诗人叶绍翁的一首诗。他的作品多写江湖田园风光，属江湖诗派，七言绝句写得很好。

这首诗写春日访友不遇，未能入园游赏。本来是想游园看花，却进不了园门，这是件扫兴的事，诗人却从那露在墙头上的一枝红杏花，想象出满园的春色，说园门虽然关得紧，春色却是关不住的。

诗题中的"不值"指没有遇到，这里指没有见到所要访的人，是说没有进门。应怜：应该爱惜。应，推测语气词。怜，爱。屐齿：木屐底下两头突出的部分。古代穿木底有齿的鞋子，叫木屐。"应怜屐齿印苍苔"这一句说，大概是园主人爱惜那苍翠的苔藓，怕被人的木屐踏上鞋印子吧。意思是对不得进门作诙谐的推测，似乎是主人有意的拒接。小扣:轻轻地敲。柴扉:柴门,泛指一般简陋的门。

这首诗的大意是说:料想园主会怜惜被我踏坏的青苔,以致我轻轻地敲柴门,久久不开。但是春天无处不在,柴门岂能锁住?早有一枝红杏探出来。

这首诗写游园未得进门,却从墙头的杏花探到春天的消息。诗的后两句非常有名,说明春回大地,不是任何墙壁门栏所能关住的。也通过这一枝红杏的吐露芬芳,告诉人们园中无限美景,更逗引起游人的联想和向往。现在人们用这两句来说明,新生事物的发展壮大是无法遏制的。

1. 你能背诵《游园不值》这首诗吗?
2. 你看到过"一枝红杏出墙来"的景象吗?说一说。

春 景

蝶恋花·春景
花褪残红青杏小,
燕子飞时,绿水人家绕。
枝上柳绵吹又少,
天涯何处无芳草!
墙里秋千墙外道,
墙外行人,墙里佳人笑。
笑渐不闻声渐悄,
多情却被无情恼。

背后的故事

　　这是宋代词人苏轼写的一首词。他的词,自成豪放一派。这是一首"春游记趣"词,也是一幅"春暮郊原"画。作者首先描绘的是暮春全貌,概括地写了花、草、杏、柳、村、燕,给人以春意盎然、一派生机勃勃之感。其次,描绘的是人物动态。重点突出地描绘了庄院的一角。地形是墙里墙外,有秋千架、行人道;人物有佳人、行人;有活动,嬉玩、倾听,一闹一静;在玩过一阵后,佳人散去,行人孤寂。最后以一个"恼"字结束全诗。这是因为一方多情,一方无情,突出了一个"落花有意随流水,流水无情恋落花"的境界。这首词上阕感伤春天的逝去,下阕感伤佳人的无情。反映了作者政治上失意的心情。诗中的"褪"意思是减退,这里指花瓣掉落。残红:指花儿凋谢,却还残留

着花瓣。绿水:清澈之水。柳绵:柳絮。吹:被风吹落。这首词的大意是:红色的花瓣飘落了,枝头上长出小小的青杏。燕子飞来时,碧澄的溪水,在别人家屋后绕行。树上的柳絮越吹越少了,芳草长到了天边,哪会没有青青的草啊。我偶然从墙外的道路上走过,墙内传来一阵阵清脆的笑声。荡秋千的姑娘走了,笑声渐渐消失了,四处静悄悄的,又有谁能理解我失落、寂寞的心情?"天涯何处无芳草"这一句,现在可用以说明,到处都有志同道合的朋友和善良的人。

1. 你能背诵《蝶恋花·春景》这首词吗?
2. 你知道"天涯何处无芳草"表达的是什么意思吗?

海棠依旧

如梦令

昨夜雨疏风骤,

浓睡不消残酒。

试问卷帘人,

却道海棠依旧。

知否?知否?

应是绿肥红瘦。

背后的故事

  这是宋代女词人李清照早年的一首词作。她早年生活比较安定、美满;中年以后,国家多难,丈夫又去世了,过着一种漂泊、凄凉的生活。因此,她的作品的内容,前期较狭窄,后期则反映了一定的社会现实,风格突变。她善于用浅显、清新的语言描绘出鲜明生动的形象,作品的艺术性较高。这首词是一段简单的人物对话,经过一夜风雨,爱花的主人担心花儿受到摧残,就在睡醒之后问那侍女。那侍女一边卷着帘子,一边漫不经心地回答说花儿依旧。女主人说,这应该是落花时节了,绿叶更加肥大,而花儿一天天稀少了。这首词具有浓厚的生活气息,人物形象也很鲜明。一段对话,言简而意深,平淡而曲折,说明作者对自然与生活的观察十分细致。其中"绿肥红瘦"一

句,用语新奇工巧,历来为人们所赞赏。如梦令:词牌名。词中的"浓睡"指睡得很好。不消残酒:残余的酒意尚未消。卷帘人:指站在窗口卷帘的侍女。绿肥红瘦:叶子更肥大,花儿更稀少。这首词的大意是:昨夜雨点疏疏落落地下,风儿一阵紧似一阵地吹,一夜睡得那么香甜,残存的酒意还未消去。清晨问那卷帘的侍女:院里的花儿可有什么变化?侍女说:海棠照旧开着红花。你知道吗?在这春末夏初的时节,红花渐渐稀少,绿叶更加肥大。

1. 你能背诵李清照的这首《如梦令》吗?
2. 说一说:这首词里的"绿肥红瘦"是啥意思?

诉衷情

诉衷情
当年万里觅封侯,
匹马戍梁州。
关河梦断何处?
尘暗旧貂裘。
胡未灭,
鬓先秋,
泪空流。
此生谁料,
心在天山,
身老沧洲!

背后的故事

这是南宋杰出诗人陆游的一首词。他的词作虽不如诗歌数量多、影响大,但也是贯穿着爱国主义精神的。

这首词写于作者的晚年,他抒写了中原尚未恢复而年岁已高的苦闷,洋溢着强烈的爱国感情。

词中的"觅封侯"指寻找杀敌立功以取封侯的机会。戍梁州:指48岁时在汉中担任川陕宣抚使署军职事。戍:守卫。梁州:古代九州之一,包括今陕西和四川部分地区。这里是指汉中而言,在今陕西省汉中市。关河:山川地势险要之处,这里是指边境。关,关塞。河,河防。尘暗旧貂裘:当年从军时所穿的貂裘,已经积满了尘土。表示长期被闲置,没有杀敌报国的机会。这句暗指自己的志愿未能实现。鬓先秋:指鬓发像秋天的草木,开始凋残,即鬓发花白了。天山:在新疆维吾尔自治区内,这里泛指边防前线。沧州:水边,古时隐者所居之处。这里指陆游晚年住在绍兴镜湖边的故居。

　　这首词的大意是:当年奔赴疆场去求功名,骑着马守卫在遥远的梁州。而今边塞生活像梦一样地消失了,征衣积满灰尘,早已陈旧了。敌人还没有消灭,我的白发已满头了,只有感慨的泪水白白地流啊。这辈子哪会想到,心在天山驰骋,人却老死在沧州!

　　这首词抒写敌人还没有消灭,而英雄已老的苦闷。这种苦闷是南宋小朝廷的屈辱政策造成的。

1. 你能背诵《诉衷情》这首词吗?
2. 你知道《诉衷情》这首词好在哪里吗?

山深闻鹧鸪

菩萨蛮
书江西造口壁
郁孤台下清江水,
中间多少行人泪!
西北望长安,
可怜无数山。
青山遮不住,
毕竟东流去。
江晚正愁余,
山深闻鹧鸪。

背后的故事

这是南宋词人辛弃疾写的一首词。他的词具有深厚的爱国感情,题材也很广泛,在宋词中占有重要的地位。在这首词里,作者登台北望,回忆当年金兵南侵、血流成河的情景,想到如今中原仍被金兵占据,感慨万分。

上阕写四十年前的血泪现实,再写到如今报国无望,中原没有恢复。下阕即景抒情:一方面看到江水冲破阻拦向东流去,一方面想到自己的现状,到处碰壁,不由得心情沮丧,十分沉痛。从怀念往事写到现实,表现了诗人抑塞不舒的苦闷。

词题中的"造口"即皂口镇,在今江西省万安县西南六十里处,有皂口溪在此流入赣江。词中的"郁孤台"在今江西赣州市西南。清

江:这里指赣江。行人:指流离失所的人民。这句是追怀当年金兵在赣西地区侵扰,人民受害的惨状。长安:今陕西省西安市,汉唐时为都城,这里借指北宋故都汴京。可怜:可惜。愁余:使我愁苦。鹧鸪:鸟名,鹧鸪鸟叫声悲切,像是在说:"行不得也哥哥。"这里用鹧鸪声暗指投降派所谓"恢复之事"是"行不得"的滥调。

  这首词的大意是:郁孤台下赣江的江水波浪翻滚,多少逃亡人的泪水洒落在江里。抬头向西北长安望去,可惜还隔着万水千山。青山怎能挡住滔滔流水,江水总会冲破阻力向前奔去。对着江边的暮色我很惆怅,深山又传来鹧鸪鸟的悲苦叫声。

考考你

1. 你能背诵《菩萨蛮·书江西造口壁》这首词吗?
2. 你能理解《菩萨蛮·书江西造口壁》的大意吗?

秋 思

天净沙·秋思

枯藤老树昏鸦，

小桥流水人家。

古道西风瘦马。

夕阳西下，

断肠人在天涯。

背后的故事

这是元代诗人马致远写的一首散曲。这首小令含蕴深挚地表述了一个羁旅天涯的游子，在暮秋时节想念故乡的感情。曲中的"断肠人"指非常伤心的人。断肠，形容悲痛到了极点。天涯：天的尽头。意思是很远很远的地方。这首小令的大意是：干枯的葛藤缠绕着枝丫纵横的老树，几只黄昏归来的乌鸦静静地站立在老树梢头；一股潺潺的流水从小桥下流过，桥边一座茅屋孤零零地躺在那里，只有它才说明这里有人迹，给这死一般寂静的一切增添了几分活气。一条灰黄色的古道蜿蜒伸向远方，这深秋时节的冷飕飕的寒风一阵紧过一阵，一匹瘦骨嶙峋的老马，驮着"断肠人"缓缓行进在古道上。夕阳已经西下，余晖将尽，漫长的黑夜即将降临，眼前的一天又过去

了,可是,远离故土、流落天涯的游子啊,却还没找到自己的归宿!此曲前两句写景,后两句写人。作者就是用这样一支极其简短的曲子,来表达极其丰富的内容,形象地写出了一个旅人的环境和他的内心活动。它给予读者的感染力是很强烈的。全曲生动形象地反映了浪迹天涯者苦闷彷徨、走投无路的伤感情调。"枯藤老树昏鸦"、"古道西风瘦马"现在也用来形容旧事物衰败、冷落的情景或没落阶级的愁苦、悲伤的阴暗心理。

1. 你能背诵《天净沙·秋思》这首曲吗?
2. 你知道马致远这首小令的大意吗?

潼关怀古

山坡羊·潼关怀古
峰峦如聚,
波涛如怒,
山河表里潼关路。
望西都,意踌躇。
伤心秦汉经行处,
宫阙万间都做了土。
兴,百姓苦;
亡,百姓苦!

背后的故事

这是我国元代散曲家张养浩写的一首散曲。这是一首怀古的作品。作者从潼关这个地形险要、古代兵家必争之地,想到历代王朝的兴替。无论秦汉,无论隋唐,尽管改朝换代,人民的苦难却从来没有消除过。还指出,不论是秦朝,还是汉代,统治者千门万户的辉煌宫殿,都土崩瓦解了,他们的统治是不长久的。这些认识,对封建专制制度有一定的批判意义。在写法上,由写景入手,从潼关的险要地形到潼关在历史上的地位,再想到长安和建都长安的王朝,最后写出王朝的灭亡和给人民带来的苦难,层层深入,由怀古引出议论,很有特色。

山坡羊:曲调名。这是一首小令。潼关:在今陕西潼关县境内,形

势险要,为古代军事要隘。"潼关怀古"是这首小令的题目。表里:即内外。这里是指潼关外临黄河,内依高山,地势险要。西都:指长安。踌躇:犹豫、徘徊。意踌躇:犹豫不决,若有所思。经行处:往来经过的地方。阙:皇宫门前的望楼。宫阙:指帝王居住的宫殿。做了土:变成了泥土,意思是土崩瓦解,已成废墟。兴:指王朝的建立。

　　这首小令的大意是:华山的山峰从西面聚集到潼关来,黄河的波涛汹涌,潼关古道连接着关内华山和关外黄河。西望长安,不禁想起秦汉等朝都在这里建都,那是何等鼎盛!而今万间宫阙都成荒丘废墟,怎不使人感叹悲伤!无论封建专制统治者怎样改朝换代,老百姓照样是受苦受难啊!

1. 你能背诵《山坡羊·潼关怀古》这首散曲吗?
2. 你知道"兴,百姓苦;亡,百姓苦"这一句的含意吗?

墨 梅

墨 梅

吾家洗砚池头树，

朵朵花开淡墨痕。

不要人夸好颜色，

只留清气满乾坤。

这是我国元末文学家王冕的一首诗。他出身贫苦，小时候曾给人家放牛。他完全靠自学，学会了绘画、制印、写诗。诗的风格自然质朴，不拘常格，在元诗中独树一帜，不少作品能反映民间疾苦，具有一定的现实意义。这首诗反映了作者不愿与世俗同流合污的品格和他对人生的态度。诗题"墨梅"指用水墨画出的梅花。诗中的"吾家"，这里是自指，又是泛指王姓的人家。作者和晋代书法家王羲之是同姓，所以这样称呼，语意双关。洗砚池：画家洗砚的池塘。王羲之有"临池学书，池水尽墨"的传说。这里可能是化用这个典故。树：指梅花。淡墨：水墨画中将墨色分成几种，如淡墨、浓墨、焦墨等。这句说，那朵朵盛开的梅花，是用淡淡的墨迹点化而成的。清气：清白不污的墨梅香气,这里指人的气节。乾坤:天地、宇宙。这两句说,不要别人夸赞自己的颜色美,只要留下一股清香充溢在宇宙之间。这首诗的大意是说:洗砚池旁有墨梅树,开花都泛淡淡墨痕,不要人夸其颜色好,只要能留清逸之气在天地之间。作者精于画墨梅,也写了不少题画的诗,这是题墨梅的一首题画诗。诗人画的梅花,颜色清淡,不趋时好,象征诗人高洁的品格。他不愿与封建专制统治者同流合污。梅花是岁寒三友之一。它冰清玉洁,品格高尚,不以颜色取悦于人。在墨梅的形象里,可以看到诗人自身的影子。诗的后两句,现在人们常用来称赞那些品德高尚、默默奉献的人。

1.你能背诵《墨梅》一诗吗?
2.你知道"不要人夸好颜色,只留清气满乾坤"这两句的含意吗?

石灰吟

石灰吟

千锤万凿出深山,

烈火焚烧若等闲。

粉骨碎身浑不怕,

要留清白在人间。

　　这是明代一位杰出的政治家和军事家于谦写的一首诗。他的诗质朴刚劲,具有较深刻的社会内容,多忧国忧民之作,言志、抒情,以至吟咏风物,往往反映他的坚定意志与乐观精神。他处在社会矛盾日益尖锐,赋税加重,徭役频繁,贫富两极分化日益严重的时代。于谦对劳动人民的疾苦十分关怀,这在他的诗歌里也有所反映。他历任监察御史和河南、山西等地巡抚,平反冤狱,救灾振荒,深得百姓爱戴。正统十四年(1449),瓦剌军在土木堡(在今河北省怀来县东)俘明英宗朱祁镇,进逼北京,他议立景帝,固守北京,坚持抵抗,得到人民支持,击退瓦剌军,取得胜利,升兵部尚书,加少保。英宗复位后,以"谋逆罪"被害,"万历间谥忠肃",有《于忠肃集》。《石灰吟》一诗热烈地歌颂了石灰的优秀品质和坚贞不屈的精神,实际上是作者以石灰自比,表达了自己无比高尚的情操和不平凡的抱负。他一生的实践和遭遇说明:这首诗恰好是作者崇高人格真实而生动的写照。诗句铿锵有力,气势坦荡。诗题中的"吟"是古代诗歌体裁的一种。千锤万凿:形容开采石灰石极不容易。锤,捶打。凿,开凿。若等闲:好像很平常。浑:全。这首诗的大意是说:石灰石经过千锤万凿、烈火焚烧而全然不怕粉身碎骨,它要把清白留在人间。"清白"是"青白"的谐音,语义双关,既指石灰的颜色,又以其洁白来比喻作者完美无瑕的人生。后来人们多借以自励。

1. 你能背诵于谦的《石灰吟》吗?
2. 你能说出《石灰吟》这首诗的大意吗?

己亥杂诗

己亥杂诗

九州生气恃风雷,

万马齐喑究可哀。

我劝天公重抖擞,

不拘一格降人才。

这是清代著名诗人龚自珍写的一首诗。他是我国近代启蒙主义思想家和文学家。他的诗风格雄放,七言绝句尤为出色。作者在道光十九年(1839)四月,从北京辞官回家,九月又从杭州北去接家眷南返。在往返途中写下了315首绝句,记述见闻,抒发感慨,题为《己亥杂诗》。在这首绝句中,诗人对清朝末年那种扼杀生机、窒息思想,导致万马齐喑的局面,十分痛惜,并大声疾呼:要振兴国家,挽救危亡,就需要涌现出大批立志改革的仁人志士。诗题中的"己亥"指道光十九年(1839)。诗中的"九州"代称中国(古代把中国划分为九州)。生气:兴旺而有朝气。恃:依靠。风雷:风神和雷神。比喻变革社会的威力。万马齐喑:比喻清朝专制独裁统治者压抑人才,大兴文字狱,当时社会死气沉沉,一切生气都被扼杀了。喑:哑,无声无息。究:终究、毕竟。天公:旧时称天帝为天公,俗称天老爷。抖擞:振作、奋发。不拘一格:不拘泥于成规。拘,拘泥。格,成规。降:降生,涌现。

这首诗的大意是:中国要想兴旺而有朝气,还得依靠风暴雷霆般的变革。人们死气沉沉,像万马一齐无声,那毕竟太可悲了。我希望天公重新抖擞精神,不限于一种规格,降生各式各样的能治国安邦的人才。"不拘一格降人才"常被引用来说明培养新人、选拔人才的重要性。这首诗用"万马齐喑"的形象比喻,确切地概括了清朝腐朽统治下死气沉沉的现实,渴望改变这令人窒息的局面。诗写得气魄宏伟,胸襟开阔,具有鼓舞人的力量。

1. 你能背诵龚自珍的这首《己亥杂诗》吗?
2. 你知道"不拘一格降人才"这句诗的含意吗?

赠邹容

狱中赠邹容
邹容吾小弟,
被发下瀛州。
快刀剪除辫,
干牛肉作粮。
英雄一入狱,
天地亦悲秋。
临命须掺手,
乾坤只两头。

背后的故事

这是我国近代著名思想家和学者章炳麟(号太炎)写的一首诗。

章炳麟和邹容曾经在共同的革命斗争中结下了深厚的友谊,又一起被捕入狱。

这首诗是作者对年轻战友的表彰和鼓励,同时也表述了革命者宁折不弯、视死如归的豪迈气概和团结战斗的革命情谊。

小弟:作者写这首诗时36岁,邹容19岁,所以称他为"小弟"。被发:同"披发"。就是说还没有到束发年龄。瀛州:神话传说中东海的仙山,这里指日本。"被发下瀛州"指邹容18岁即留学日本。除辫:剪掉辫子。满族男子有留辫的习俗。清朝统治者入关后,强迫各族人民一律留辫子,否则就要杀头。因此,剪辫在当时是一种革命的行动。"快刀剪除辫"指的是邹容在日本东京不但剪去自己的辫子,而且还把留日陆军学生监督姚文甫的辫子强行剪下来,挂在留学生会馆的屋梁上。糇:干粮。"干牛肉作糇"形容邹容热心为革命奔走,无暇从容就食。秋:同"愁"。临命:临死。掺:同"搀"。"临命须掺手"指愿与邹容手挽手地从容就义。乾坤:天地之间。"乾坤只两头"表示愿意和邹容一起为革命而献出自己的头颅。

　　这首诗的大意是:邹容啊,我的小弟,你不到18岁就去了日本。你用锋利的剪刀剪掉辫子,又身带干牛肉作粮,为革命劳苦奔走。英雄进了监狱啊,天地也为之悲叹。临死之际,我们一定要手拉着手共赴刑场,因为这天地间,只有我们这两颗头连在一起,心心相印啊。

1. 你能背诵《狱中赠邹容》一诗吗?
2. 你知道"临命须掺手,乾坤只两头"一句的含意吗?

狱中答西狩

狱中答西狩
我兄章枚叔,
忧国心如焚。
并世无知己,
吾生苦不文。
一朝沦地狱,
何日扫妖氛?
昨夜梦和尔,
同兴革命军。

这首诗是革命家邹容在狱中写的。他是一个富有革命朝气和爱国热忱的青年。1903年,章炳麟和邹容因"《苏报》案"被关进英租界的西牢。章炳麟为了鼓励年轻的战友,作《狱中赠邹容》一诗,作者写了这首诗作答。

诗题中的"西狩"是章炳麟曾经用过的一个笔名。枚叔:章炳麟原名学乘、绛,字枚叔,号太炎。"并世无知己"表明双方交情之深:共同生存在这个世界上,再没有其他更知心的朋友了。"吾生苦不文"是作者自谦,缺少文才、学识,不善于写文章。沦:陷入。地狱:指监狱。妖氛:指清朝政府的专制统治。尔:你。革命军:邹容等鼓吹组织革命军,推翻清政府。这也是他所著《革命军》的主题。

这首诗的大意是说:我兄长章炳麟的忧国之心,灼热得像烈火焚烧。我在世上很少有志同道合的知己。自己虽然缺少学识、文才,不善于写文章,却跟兄长成了知己,感到十分荣幸。即使身在狱中,依然壮志满怀,不忘革命扫除妖孽,昨天晚上我就梦见和你一起,为发展壮大革命军的队伍而出力。

这首诗表现了作者和章炳麟的革命情谊和爱国情怀。他们即使身陷牢狱,仍然期盼"扫妖氛",即使在梦中也不忘报效祖国,充分展现了革命的乐观主义精神。他们将并肩战斗,大兴革命军,投入民主革命的洪流,为建立独立、民主、自由的国家而奋斗。

1. 你能背诵《狱中答西狩》这首诗吗?
2. 你知道"昨夜梦和尔,同兴革命军"的革命精神吗?